JN086289

後ろの国のサル・隣人たち

由井鮎彦
Yui Ayuhiko

新潮社
図書編集室

目次

装幀／新潮社装幀室
タイトル文字／平野甲賀
iStock.com/Fiden

後ろの国のサル

後ろの国のサル

I

　広く大きく、環境も整っていたが、大して人通りはなく、静かで落ち着きのある場所だった。後方にはナラや、クヌギの木立ちが見え、それとの境には低い杭が打たれ、緩やかに垂れた鉄製の鎖がその間を結んでいた。その前には木製の古びたベンチも置かれていたが、男はそこへは座らず、確かに持参したものらしい床几（しょうぎ）のような簡易式の椅子に腰かけていた。その床几はベンチから大して離れてはいない場所に置かれていたものの、その向いている先はまた別の方だった。ベンチとはほぼ直角の向きをなし、それの向かっているところには杭にリードの元を結ばれて、一頭のサルが地面の上に座っていた。いや、それがじっとおとなしく座っているという場面はむしろわずかで、絶え間なく立ったり、その場を歩いて回ったりといった動作を繰り返していた。

　リードの先端はサルの首を捕らえている輪っかと結びつけられている。文字通り、サルは自分からはことさら声を発することもなく、黙々とその場を、そしてときには忙しなくも動いて回っているのだった。けれども、男が手にした伸縮自在の釣り竿のようなもので、そのものを打ち叩く場合は別で、そのときにはここを先途とばかり、張り裂けるような鳴き声をあたりに向けて放ち、身悶えするようにその場で跳ね上がっているのだった。

男の方は床几に腰を下ろしたまま、その場を立ち上がることはなかった。打ち据えられたサルが怒りや、怖れに駆られ勢い込んで走り寄ってきたとしても、リードの元は固く杭に結びつけられているので、精一杯、男のもとへ近づいたところで、その身に触れたり、接したりすることはかなわなかった。サルは旺盛な鳴き声を発しながら、その場をバネ仕掛けのように上下に跳ね飛び続けている。男の着ているものは黒い縞柄のスーツと、下は白いワイシャツだけで、少しやさぐれて見えたものの、小綺麗なネクタイさえ締めれば、そのまま営業回りにでも行けそうな出立ちだった。

続けざまにということはなかったが、男の振り下ろす長く伸びた竿はその都度、確実にサルの茶褐色の毛に覆われた身を捉えている。一方、サルの方もそのたびごとに律儀なほど飛んだり、跳ねたり、鳴き喚いたりと同じ反応を、その仕種を繰り返していた。振り下ろされる竿の動きが静止し、やがてその場でのサルの激しい反発の動作も止まると、地面の上はまた前と変わらない沈黙と、それまでと同じ日常の眺めを取り戻していた。

木立ちを背にして置かれたベンチや——そしていまはその近くに床几も据えられていたのだが——それらの前にはいくらか開けた低い雑草の茂った土地が広がっていた。そのなかにはぽつん、ぽつんと独立したような大木が幾本か立っていたりもしたが、また一カ所、東屋風のところにもベンチめいたものが置かれていた。いまや目の先に見渡せる光景を見つめていた長屋は自分がどこかしら見慣れないものと向き合っていることに気がついた。煙のようになって、訝しさが湧いてきたが、それはより黒々とした胸騒ぎのようなものへと変化していっていた。事態は進んでいるようで止まってみえ、あるいは、止まっているようで進んでいた。彼は揺らぎ続ける自らの姿を映し出そうともして、上衣のポケットからモバイルを取り出し、それを向かい合い広がっている光景へ向けた。一瞬、心臓の鼓動を覚えるが、それからは潮の引いていく静けさが広がった。シャッターを押した。さらに、もう一度、光景を塗り直すように、またそれを押す。

東屋は太い四本の円型の柱の上に三角屋根を頂いていた。四方八方、どこからも風の吹き抜けるように出入りが自在で、そのなかを半ば囲むようにベンチが設えられている。「どうやら静かになりましたね、上の空も」ベンチの向こうから男の声がした。

「何だか、風もすっかり治まったようだ」

そう言われてみれば、さっきまではあたりの木々をゆさゆさと揺らし、土埃さえ巻き上げていた風がいつのまにかぴたりと止んだようになっていることに長屋は気がついた。しばらく前、彼の斜め先を横切るようにして、当麻はベンチの向こうの端へ腰を下ろしていたのだった。長屋は目の先に上げていたモバイルを下ろし、思わず宙を見上げた。いったいどうしたわけで、吹き募っていた風が止まってしまったのか。そこに広がっている大気の気配を覗き込むようだ。

「いま、わたしたちは同じものを見ていたのですね」それなら、これまで口を噤んでいたが、当麻もまた目の先に映っていた眺めが気にかかっていたようだ。とはいえ、その言葉の響きは安定し、落ち着いていた。「そうですよね、同じものであるのは間違いない」長屋もまた、手のなかのモバイルをまさぐっていき、声を発する。言ってみると、その言葉のなかに驚きの含まれているのに気がついた。「大っぴらですね、あれはまるで」それから、当麻の声が断言するように発せられる。

何の予兆も、きっかけもないように見えた。床几の上に腰掛けている黒服の男の姿勢はまったく変わらなかったが、長い竿を手にした腕が上へ振り上げられると、それは勢いよく先の方へ向かって振り下ろされた。途端に激しい鳴き声が放たれた。サルは一、二歩前へ突っ込んだが、茶褐色のその身はたちまち押し止められた。それどころか、突っ張ったリードの反動で、体は面白いほどそっくり返り、見えない力で弄ばれているようだった。次いでは、その身に受けた痛打に反発して、怒りも露わに剝き出しの叫び声を連呼して、さらに地面の上を縦に、上下に跳ね返っている。

長屋は再び、モバイルを目の先に上げた。一度、二度——三度、四度とシャッターを切っていく。またしても胸の鼓動を覚える、しかしそれもまた、すぐに治まる。

「何ということだ、あからさまですね——それで、そんなふうに写して、あなただけが見る？」向こうから当麻が問いかけてくる。「それとも、だれかに見てもらう」当麻の目は向かい合った先の眺めへ向けられたままだった。「確かにカメラを向けてしまう。いつもすぐに」

「わたしのことを言っていますか」長屋の返す声には反発が潜んでいる。けれども、モバイルは目の先へ当てたまま同じ姿勢を取っている。あるいは向けられた言葉に対し、抵抗でもしているかのように。

「それとも、どこか周りに広めるためにそうしているのですか」当麻の尋ね方は親切な口調に変わっている。「わかりませんよ。そういうこともありますね」長屋は他人事のように答えるものの、モバイルは目の先から外している。彼は相手の方を振り向く。

「あるいはまた、世界を広げるためにそうしているのですか」さらに構わず、当麻は言葉を続けてくる、「それにまた、シャッターを切ると安心だ。もしかして、あなたは安心感を手に入れようとしている」「そうなのですか」長屋の目は左右に揺らぐようだが、相手の言葉には取り合わない。とはいえ、首を振り向けたままであるのには相手への興味の萌芽が生まれていたのかもしれない。

当麻は一瞬、長屋の方へ視線を送るが、そのあとはまた向こうの鉄鎖の柵を前にした床几の黒服の男とサルの方へ目を向ける。「ああ、サルは憐れだ。あの男、自分だけの世界をただ進み続けている。でも、油断はできません。だって、わたしたちを見てはいない。それでまた、あんなに大っぴらじゃないですか」

確かに床几の男は横顔だけを向け続けていて、こちらの方はわずかも見ていない。こちらのふたりには気がついているのか。気がついていても、気に留めてもいないのか。

床几の傍らにはこれもまた黒い巾着型のバッグのようなものが置かれていたが、男はそのなかへ手を入れると、そこから掴み取ったものを目の先の方へ投げ始めた。池のコイに餌でも撒いているところも思い浮かぶが、何かピーナッツのようなものを首輪をはめたサルの前へ放ってやっているようだ。サルは直ちに反応して、地面に散らかったそれらの白茶けた粒を器用に片端から拾い上げ、さっさ、さっさと手際よく口へ放り込んでいく。男の動作はどこか投げやりの遊びか、気散じごとのようにも見える。けれどもその無表情で、機械的な点は何かしら訓練や、躾けを行っているところのようにも映る。

「まるで鞭のようなしなやかさで、あの長くて、頑丈な竿が振り上げられては、また振り下ろされる。狙ったものは外さない。ぴしゃりと命中させる」当麻が言葉を発する。「頭が痛くなってきますね。何であんなに大っぴらなのです」

「その迅速で、苛烈な動きをまるで永遠のように凍りつかせることもできるのですよ。シャッターを押し切ることでね。それで、いつでも解凍することができる。そこに映り出ているものをね。するとまったく、そのときどきで別の香りがしてくる、味がしてくる。それでさらにプリントに触れて、見た人たちでまたそれぞれ香りも違ってきます、舌触りも異なってくる」すでにしばらく前から手の先のモバイルのカメラを覗き込んだまま長屋が言う。「それで鞭には飴ですね。飴が降ってくる、またピーナッツも降ってくる」

「いま、こっちを見たでしょう、あの男」当麻が相手に声をかける。「いや、そんなことはないですよ」「あなたはカメラを覗いていた」「なおさら注視していたのじゃないですか」「だからねえ、それだけを見つめ過ぎていたのですよ。一種の視野狭窄のようなものでね。いや、知らず知らずに盲点を覗き込んでいたのか。それで、全体の動きを捉え損なってしまう」

当麻はなおも気持ちを溜め込んでいるように、鉄鎖の前の情景を眺めている。「大っぴらだ。まったくどうしようもない。何なのだ、あれは」さらに平静に言葉を続ける。「だけどねえ、そうしたものだ。あの男、冷徹な機械のように座り込んでいるが、そこでは何かを考え込んでいる。あるいは、何かを覗き込んでいる。まさに浸り込んでいる、本人すら知らずに」

するとそのとき、彼らの後ろから弾けるような笑い声が立ってくる。東屋の背後の柱の間から現れた峰はベンチの近くに立つと、いまだ笑いの消えないまま、彼女の目前にいる当麻に向かって、言う。「何を眺めていることか――そう思いたいのですか。いつもの十八番(おはこ)のお説ですね」

当麻は驚いたように後ろを振り返る。けれども、相手と見交わした目は冷静で、少しも動じてはいない。「やあ、今日は後ろからお出ましかな。あまりいいことはないだろうに。どうして後をついて回ってくるのかな。そんなことより、今日はもっと凄いことが目に入ってきています。この目の先でね、青々としたクヌギの木の木立ちの手前、あの鉄鎖の柵の前で」

「わかっていますよ、そんなことは。まったくいつものことですね、まるでもう自分だけが知って、通じていると思っている」峰が低い声で言い放つ。「わたしだって、とうにこのあたりをうろうろと歩いて回っていたのですよ。わが身に抱え切れない、山ほどの気持ちをもって」

「おう、おう、おう――」当麻は鬨（とき）の声めいた響きを立てる。

素早く、しなやかに竿が宙を切っていく。打擲（ちょうちゃく）される肉や、骨の音は聴こえないが、かまびすしい鳴き声が発せられる。サルは鋭い歯を剝き出しにして叫んでいる。

「そうやってね、湧き上がって、溢れ出てくる思いを抱えて歩いている。その道筋はあの黒服の男を支点として回っています。大いにありそうなことじゃないか」当麻は峰に向かって言う。「すっかり、すでに引かれた道の上を歩いていっているって」

「また、何か言い出しそうですね。気配がまるで霧のように濃厚です」峰が平静に答える。

「何しろ大っぴら過ぎる。どうしたって、見えてしまうじゃないか。何で見えてしまうのか。どうなっているんだ」当麻がはっきりとした口調で言う。「そう言えば風は止んでしまった。どうして急に静まり返ってしまったのか、あれだけ吹き荒れていたものが。本当にいまはうんとも、すんともしない、この真上に広がっている果てしのないものは」

あたかも空の沈黙に応じるように峰も含めて、その場の者たちはじっと黙り込む。それからしばらくして、身を潜めるように気配を感じ取ろうとしていた当麻が探るように口を開く。「もしかしてサルがどうにかなっているのだとしたら、あの男もどうにかなっているのかもしれない」

「どうにかですか――」すぐにも半ばつぶやくように長屋がその声に応える。それから、さらに言葉を続ける。「いま、ふと思ったのですが、あの男、隠れようとしているのじゃないですか。すべてをさらしながら、何も見せていないでしょう。でもねえ、どこかで変化が表れる、きっとそのはずです。その機を逃すことなく、こうしてレンズは向け続けていなくてはならない」

それまで繰り返されていた流れとは異なることが起きた。上から宙を切り、振り下ろされる竿の動きは同じようでしなやかで、素早いものだった。これまでならサルはそれをまともに食らい、いったんその身をすくめるか、ひどいときには横倒しにさえなったものだが、何の拍子かこのとき、不意にその長い腕が伸びて、何とも巧みにその竿を両手で掴み取る。それからすかさず瞬く間に、その身が軽々と竿の上に絡みつく。竿は茶褐色の身の全重量を担わされると、地面近辺を右往左往させられ、自在な動きを封じ込まれる。黒服の男も床几の上で、あたかも大魚のかかった釣竿を思い通りにしようとして、苦心惨憺、力を尽くしているといったようだ。

けれども、その動きはまたすぐにも決着がつく。何にしてもサルの方は竿の攻撃を阻む必要はあっても、竿の方はいつでも休止して、待機していればいいだけだ。当のサルは限りもなく竿を押さえ込んでいるわけにはいかず、力を抜いたり、その身をわずかに逸らしたりするだけで、途端に形勢は引っ繰り返ってしまうのだ。果たしてそのとき、サルはまた竿の先から振り飛ばされる。そして間髪も容れず、自由になったその竿が上からその茶褐色の身の上に降ってくる。それまでの抵抗も水泡に帰し、仕置きのような一撃が加えられる。サルはまた一瞬、よたり込み、その場で上下に跳ね飛び、甲高い鳴き声を連発する。

東屋のなかを回り込んでくると、ベンチのひとつに座り込んでいた峰は——それは当麻と長屋の間に置かれたものだったが——思わずその身を立ち上げ、向かい合った鉄鎖の柵の前の方を眺めやる。「何ですか、あれは。わかりきったことが起こっている。何で怖ろしくもわかりきったあんなことが起こらなくてはならないんです」

「だから、そうなんだ。わかりきっていると思っていると、何かが崩れ落ちていく。次の何かが待ち構えている」当麻はそう言って、長屋の方を振り返る。「うまく捉えられましたか、いまの瞬間は」

長屋は目の先へ上げていたモバイルを下ろし、腕を長く当麻の方へ伸ばし、その画像を見せる。当麻はそれへは目も向けず、相手に言う。「撮れたのですね、証しを握ったのですね。じゃあ、あの男、いま、笑ったでしょう」

「何がです、どこがです。笑ってなんかいませんよ」長屋は相手の方へ差し出していた腕を戻し、表情もなく床几の黒服の男とサルの方へ視線を戻す。

当麻は鷹揚にそれに答える。「それなら、サルに気を取られて、あの男の唇の上に浮かんだ歪みの跡は写っていないわけだ」

「何のことです。見えてはいませんよ。どうしてそうなるんです、それがわたしの盲点だとか、何だか、だとでも」長屋はいくらか気色ばむ。

「少しも気にすることはないですよ」峰は長屋に向かって、穏やかに声をかける。

「いつも思いついたことを膨らましていくのです。どうかすると、それが脅しの様相を見せてもきます。さらにはもっと悪いことに自らその気になって、信じ込んでもしまいます」

当麻は笑いを浮かべる。「確かにそういうわけなんだな。その口調、その口振り、そんなふうにいろいろ喋って、人の言っていることの火消しのためについて回ってくることがその最大の望み、執着なのだな。もっと愉しいことがあるだろうに。不自由に捉われ、嫌なことをやり通そうという心持ちは悲しい話だ」

クヌギ林の鉄鎖の柵の前の情景は凍ったように動かない。それがどこか不穏な空気を帯びてきながら、おもむろにやがて緩やかに流れ出し始めていく。黒服の男の持っている竿がことさらにゆっくりと振り上げられると、それがこんどは俄然、勢いよく地面へ向かって降下していく。とはいえ、いままでならその強暴な力はサルの身を直撃していたはずだが、このときはあえてそれを外して、その身をかするようにだけして、空打ちしてくる。それは狙い澄ましたようにかすっていく。そして、その揺るぎのない、正確な軌道がまた繰り返される。さらにまた一度。サルはそのたびごとに、驚き、身をびくつかせ、一歩遅れたように叫びを発し、次いで身を固くして、じっとその場に潜まり込む。同じ姿勢で黒服の男の方を見据えながら、怯え切ったようにその体を激しく震わせている。もはやその身を逃していく気力も萎えているようだ。

「ああ、やらかした」長屋がつぶやく。わずかに腰の持ち上がったサルの凝り固まった姿の下に、灰褐色の粘液上のものがひり出される。「髪が真っ白になるところだ、黒髪のヒト科なら」サルは思わず脱糞したものの、まるでそんなことは起こらなかったかのように同じ姿勢で、同じ視線を発し続けている。

その場のベンチが軋み音を立て、細かに震え始めている。その顔が蒼白になり、唇が震えている。峰は地面に座り込んだサルの身震いが感染ったように語り始める。

「いまから二週間前に、森の神社のハトが毒を食べさせられて死んでいましたよね。ごろごろと幾羽ものハトの死骸が境内に転がっていたのです。でも、いったい、あれはどうなったのか」

「どうにもこうにも。この間、行ってみたときには生き延びたハトたちが同じ場所で餌をついばんでいましたけれどね。いつかあの世へ旅立つまでは、ひたすらそれを続けているわけで」長屋が淡々と言葉を発する。「ああ、そう言えば同じころ、犬が消えていなくなったのですよ、向かいの家の。まだ見つからず、戻っていなくて。あのいつもの吠え声や、鎖につながれてうろうろ動き回っていた姿はいったいどこへ消えてしまったのかって」

竿が勢いよく振り下ろされる。怖れ、凝り固まっていただけのサルはようやくいくらかの生気を取り戻すようだ。かすめてくる竿の強風を避けるようにほんの半歩、おずおずと横へずれる。すると、すかさず竿も次のひと振りではサルの座り込んだその身の方へ寄せていく。狙い澄ました空打ちが行われた後、サルはまた半歩、横へずれる。サルの真ん丸のドングリのようなふたつの瞳が表情も欠けたまま、ただひたすらに黒服の男の方を仰ぎ見ている。ときに甲高く、ひび割れたような叫び声が発せられるが、それは竿の降下とも、自身の身のこなしとも無関係で、どこかいたずらに突き立つ一本杉のようなものが思い浮かぶ。

「そう言えば、隣室の人の玄関前にガソリンが撒かれていたのですよ。初めは水かと思ったけれど、何か鼻の奥が刺激されるようで、揮発性の油だとわかったのです」言葉を止めた瞬間、峰の唇は震え出す。「ただ見えないだれかの人影が浮かび上がります。だけど、その住人はそんなことをされるいわれもなかったようで、それなら、それはどこへ撒かれていても構わなかったわけです。それを撒いた当人はそのあと、いったいどこで何をしているのでしょう」

当麻は鉄鎖の柵の前の黒服の男とサルをじっと見据えたまま、語る。「あからさまというのはどういうのだろう。それがどこでも、どうにでもなってしまうから、あからさまになるよりないということなのか。あの男、あからさまだ。サルもまた、あからさまだ」さらに同じところを見据えながら、けれども視線はもっと遠くを見やり、言葉を続ける。「それから、この間、地下鉄に入る階段のところで人が突き落とされたとか。階段の下に崩れて、倒れ伏した人の姿があるばかりで、突き落とした者の姿はすでに空気のように消えて、見えなくなっていたわけだ」

竿が激しい勢いで振り下ろされる。サルが甲高い鳴き声を発する。

「この間、気味の悪い体験をしたのです。高層ビルのエレベーターに乗ったのです」峰は視線を宙に止めたまま語る。「三十歳くらいの男とふたりきりだったのですが、それが昇り出すと、何かおかしな音が聴こえ始めるではないですか。耳を澄ましていると、斜め前に立っている男の方から聴こえてくるのです。あんなまざまざとしたものは初めて聴きましたよ、歯ぎしりの音なのですよ。何だか呪いがかかっているような、いかにも堪え続けているといったような、ぎしぎしと石灰質がこすれ合って。何かが弾けるようにも起こってきそうじゃないですか。すぐにでも飛び出したかったのに、エレベーターはどうにも限りもなく上昇し続けていって」

「あのとき以来というのですかね、人の感情の激変というのが目の当たりに見えてくるときがあったのです。昼休みになっていて、店のなかが立て混んでいたのですよ」長屋がおもむろに語り出す。「店員も少なくて、レジ待ちで長蛇の列ができていたのですが、するとそこに並んでいた者が急に何かひと声、喚くと、手にしていた買い物かごを床に投げつけて、その場からすたすた出ていってしまったのですよ。そのあと、事務所に戻って、取引先と打ち合わせをしていると、相手のひとりがこれもまた、うめくようにいきなり長く伸び切った叫び声を発すると、席を立って、そのまま部屋から出ていってしまったのです。何か見えない粒子でも、空気のなかへ蔓延しているのじゃないかって」

それまでサルは振り下ろされる竿に対して、身をすくめているか、いくらかそれから避難するようにずれて、移動していたのだが、こんどは目測を誤ったのか、身のこなしが鈍ったのか、むしろまるで降下してくる竿に向かって、自ら当たりにいくといったようだった。果たして頭か、首のあたりにそれの直撃を受けて、ほとんど脆くも、他愛なくもその場に転がり、倒れてしまった。けれども、こんどはこれまでと違って、その茶褐色の姿はすぐにその場に立ち上がるということがない。まるで時の流れから置き去りにされてしまったようにその場に転がり続けている。すっかり目蓋も下りていて、失神しているようだ。避けることを前提として、振り下ろされた一撃だったせいか、過ちのなかであったにしても、それへまともに当たりにいってしまったのではその傷害も強烈なものとなったのか。

峰がその場から立ち上がっている。まるで少しでも高い位置から見れば、遠く離れて、転がり続けているサルの様子も子細に見て取れるのではないかとばかり。

「さあ、またやらかした」当麻が同じように先の方を見据えながら言う。

「いったい何を仕出かしたっていうのです、あそこで。立ち上がりなさい」峰が当麻に向かって言う。「足を一歩、踏み出しなさい」

「あの男、いったい何をしているのです。その顔にはいまこんど、何が浮かんでいるのですか」長屋も前方を注視したまま言葉を発する。

「あれは酔っ払いの目です。酔いが回って、見ているものとの距離が定まらなくなっている。目測を誤ったのはサルの方なのか、いや、振り下ろされている竿の方なのか」

「どちらにしても、サルと竿はぶつかり合った。だから、立ち上がりなさい。足を一歩、踏み出しなさい」峰がしきりと繰り返す。

「まったく大っぴら過ぎるじゃないか。いったい、何を見ているんだ」当麻は自分に疑問をぶつける。「あれは自然に起こったのじゃない、こうなるようになっていたんだ。そう思うよりない。一日前から、ひと月前から、いや、十年前から、百年前から、千年前から――」

「そうだ、そういう事実を忘れるべきではない、もしかしたらね」長屋はふいと薄笑いを浮かべる。

「ああ、百年前からこうなることになっていて、千年前からこうなることになっていた。いま、わたしたちはそれを見ている」当麻が視線を外すことなく言い切る。

「そうだ、あからさま過ぎて、ひとつの鍵では開きようがない」長屋はさらに煽る。ほとんどこれまでにないほど長く静寂と、不動が続いていく。「あの男、何かをさらして見せていると思いますか」長屋が尋ねる。「そう考えると、向こうの息のなかへ呑み込まれてしまう」当麻が答える。「何かを見せているのだとしたら、それはこうしてカメラで吸収してしまえばよい」長屋は手にしたモバイルのカメラのシャッターを切る。「だけどね、向こうは守ろうとしているものなんてない。これほど大っぴらに見せているのだから」当麻が言う。

目の先の情景は何も変わらず、さらに静寂と、不動が続いていく。当麻はさっき口にしたことを言い直す。「そうだ、それはあらかじめそうなるものと決まり切っていたわけではない。けれども、これまで千年というもの、二千年というもの、あまりに積もり積もったものがあったので、これほど大っぴらなのだ」

「ほら、またいくらでも口をついて出てくるのです」峰が当麻に向かって言い放つ。「そうやって煙のようなものを吐いて、目の前の世界を見えなくしてしまう。そうして、そんなふうに漬物石のようにどっかりと座り続けている」

「おお、ここに人の形をしたものが立っている、女性の形をしたものが立っている。何て大っぴらなのだ」当麻が言う。

峰はいまだベンチの前に佇み続けたまま言葉を発する。「写真を撮っている場合ですか」長屋の方を振り向いて言い、さらに続ける。「まだあれは地面の上に転がったままなのですよ。まるで立ち上がらないのですよ」

するとそのとき、サルがむっくりとその場に立ち上がる。一、二歩よろけて、ふらついたようだが、すぐに体を立て直し、腕を前へ差し出し、ドングリの目の何でもない顔をして、その場を歩き回り始めてさえいる。その一連の動作が続いていくうち、これまでの切羽詰まった、とはいえ耳慣れたものともなっていた甲高い鳴き声も、その場からまた、散発的に響き始めてくる。

Ⅱ

クヌギの木立ちを背にした鉄鎖の柵の前では、それまでの静寂と不動も破られていくかのようで、再び、情景は移り動いていく。リードの先へ首輪をつけられたサルはその場に座り込み、小刻みな動作で、毛づくろいに余念がない。それまですっかり治まっていた、振り回される竿の動きも復活する。それでもその振舞いはぞんざいというのか、気まぐれというのか、無作為を極めたような動きに変化している。それはサルに命中させているのか、外しているのか、あるいは外れているのか、もしかしたら当たってしまったのかとすら思わせるほどで、手当たり次第で、任意の動きを繰り返している。一方、サルの方もわが身を避難させるわけでもなく、降下してきたものが当たらなかったら他へ目を向けてみたり、あるいは当たったときには激しい鳴き声を張り上げてみたりといったようで、大もとではすくんだように、または泰然とさえしていたりで、ほとんどそんな状況では身じろぎもせず、移り動こうともしていない。

そうした流れが再び進行していくうちにも、それまで長い間それこそ鳴りを潜めていた風も少しずつ勢いを増していくようで、ときには木立ちの枝葉を激しく揺すり上げてもいく。その流れや、動きそのものがまるで何かの変化を表し示してもいるかのようで、それはより暗いものも、あるいはより明るいものももたらしてくるようだ。一瞬、止まり切っていたものが、不意にまた動き流れ始めると、それはまるでなまめかしさめいたものすら運んでくるようだ。

峰はもとのようにベンチの上へ腰を下ろしていたが、その前を向いている顔の表情にはそれまでよりも何かしら自覚的なものが見えた。他のふたりもまた向こうで再び起き出し、座り込んでいるサルの方へ視線を向け続けているようだ。

またしても風の起こってきたことには当麻も気づいたようで、口を開く。「そうだ、わたしたちはいつも天気の下で生きている。これほど確かなことはない」「暑かったり、寒かったりも含めてですね」長屋が言う。「時の流れそのものだ、それらが積み重なって」当麻が言う。「時の移ろいそのもので。それらが繰り返し、入れ替わって」長屋が言う。

峰はしばらく前から、何かしら心にかけたことがあるかのように、顔を俯け、手でそれを覆うようにして――それは強風を逃れ、遮っているようなところとも見えたが――そのままじっとしていたものの、やがてその手をのけると、顔を起こし、遠く、目の先を向いたまま語る。「――そして、わたしは風を遮る、また浴びる。風を遮る、また浴びる。どういうことですか、これは。自分が否が応でもその流れの変化のなかにあることを知らされる。さあっとばかり、その気配。仕掛けられているのか、弄ばれているのか。放っておけばよいのか、すでに取り込まれているのか」その語られていく言葉のなかには秘められた決意のようなものさえうかがえる。

当麻は遠く先に見えるサルの方を見つめながら語る。「一年くらい前のことだったか、移送中の車のなかからサルが一頭、逃げ出したことがありましたね。そして、そのものは界隈の街並みに逃げ込んで、商店や、畑から食物を頂き、住民たちに追われ、居場所を失い、どんどん街外れの方へ追い立てられ、ついに普段は人気もない溶岩台地の方へまで行き着いてしまったとか。そこでまた、猟友会の銃弾も浴びせられたとか」

長屋はおもむろにモバイルを手もとに引き寄せると、それを指の先で操作していく。その画面の上に映像が立ち上がると、それを当麻や、峰の方へ差し出してみせる。

「これは以前どこかのサイトに上がっていたものを取り込んだ動画なのですけれどね、ベルトのようなもので、椅子の上に縛りつけられていますでしょう、サルが。何とも物々しいもので」

ディスプレイの上には毛むくじゃらで茶褐色の腕や脚、首や、腹を腰掛けに固定されたサルの姿が映り出ている。数多の電極がその体中あちこち至るところへつながれていて、そこはどこかの実験施設らしい。ワッペンのようにいくつもの電極を貼りつけられたその姿はどこか特攻的な行動に立ち向かっていくように勇ましく、また滑稽に思えるほど物悲しく見える。

不意に、ごく間近からその顔が映し出されると、幾重にも深く皺が寄り、その奥から覗いているサルの目が見えてくる。それは丸く汚れもなく、何を見つめているのかもわからず、きれいに見開かれたまま憑かれたようにじっと一点を見つめている。その目は真っ直ぐ撮影カメラと向き合っているはずだが、他にはなす術もないといったように無力なままに、そこをただ見据えている。そして物言わぬ目と同じように、その口もまたしっかりと堅く結ばれ、鳴き声や、叫び声を上げることも忘れたようにただひたすら沈黙を守っている。

「自分が何をされているのかまるで知らないのですね、サルは」峰が短くため息を洩らした後に言う。「あの野山を飛び回っている野生は微塵もありませんね」それから、当麻が言う。

「物言わぬ目によってじっと覗き込まれ、物言わぬ口によって、まるでその沈黙の世界へ引き寄せられていくようじゃないですか」峰がさらに言う。「ああ、そうだ、そんな沈黙と不動の世界——黒く、硬い、どこまでも延々と続いていく、静まり返った岩の連なりが見えてくるようじゃないですか。あの溶岩台地の佇まいがね」当麻がさらに言う。

「あのとき、移送車から逃げ出したサルはまさに実験仕様として、施設へ搬入される予定のものだった」長屋はモバイルの動画をさらに流していきながら言う。「そうですよ、あれは周囲から追い込まれて、あそこまで行き着いたのですがね」不意に、長屋は顔を起こし、向こうのクヌギ林の前の柵の方を見やる。

黒服の男が前と同じく、傍らの黒の巾着袋に手を突っ込むと、そのなかからピーナッツを取り出し、先に座り込んでいるサルへ向かって放り投げる。途端に、サルはエンジンのかかったように撒かれたピーナッツの前まで馳せ参じ、正確にまた手際よく、それらを拾い上げ、口のなかへ放り込んでいく。その計算や、思惑といったものを超えた、ひたすらな機敏さに目が奪われるようだ。

長屋はモバイルを手にしたまま、ふたりに向かって穏やかに言う。「ここでこうして記憶を積み重ねている。記憶を、記録を。そのうちまさに森にも、海にもなるものを。さあ、持っていって下さい、どんどんと」

「ただ集めているだけですか」峰が尋ねる。

「手がかりですよ、足がかりです。一生ものか、いや、幾世代ものか」長屋が答える。

当麻は淡々と相手を突き放す。「そうやって、不安のプールのなかを記憶で埋め込んでいく。おまけにその提供者ともなれば、それだけで報われている気持ちにもなってくる」

長屋はそれへは意にも介さず、口を開く。「報われついでに、次のものをお目にかけましょう」

こんどのものは静止画像だけのものだった。モバイルのディスプレイに上がってきた沈黙を帯びた画像には、実験施設内に設置されているケージが映し出され、そのなかにはサルがそれぞれ数頭、収容されている。まさに太股に注射を打たれている瞬間の姿もあれば、餌箱を前にぼんやりと前を向いているだけといった像もある。そこに設えられている檻そのものは明るい電灯によって照らされ、清潔感さえ感じさせられる。

「何だか無気力な顔をしているサルが多いですね」峰が感想を述べる。

長屋はディスプレイの上に次の画像を上げる。「ほら、これを見て下さい。サルの手がぱんぱんに腫れ上がっていますでしょう」毛むくじゃらの手が引っ繰り返され、そこには人間のそのものとも変わらないつるつるの肌をした手のひらが見えている。赤黒いその色はもともとなのか、変色したものなのか、何よりその手は普通に考えても、通常の二倍に膨れ上がっている。

「何しろ狭い場所に長期にわたって、閉じ込められているわけですからね」長屋が再び、語り出す。「食事のとき以外はじっと座り込んで、ぼんやりと宙を見つめている時間が多くなっていくのです。そのうち餌もありがたがらなくなり、初めはあれほど嫌がり、怯えていた注射針にすらまるで反応しなくなったりですね。それから、別のやつは狭いケージのなかを盛んに無闇と、行ったり来たりし始めたり。それでも飽き足らず、手を鉄柵に思い切り打ちつけ始めるのです。繰り返し、繰り返し。その結果ですね、このぱんぱんに腫れ上がったグローブのような手は」

いきなり、噴き出てくるような笑い声が発する。そのあとに当麻は続け、「それは、それは、それはまた――どういうんだ、まるであからさまだ」それからまた、笑い声を発する。はっきりとクヌギの木立ちの鉄鎖の柵の前から、かまびすしい鳴き声が立ち昇ってくる。幾度目かに振り下ろされた竿は茶褐色のサルの身を直撃したようだ。

「しなやかなグラスファイバー、強固な竿、しなやかで、揺るぎのないグラスファイバー」当麻が言う。「稼働させていくときの手応えがとても気持ちがいい、グラスファイバーってやつは」当麻は自分の太股を叩き始める。

峰は自分の頬を手でさっとさすっていく素振りをすると、長屋に尋ねる。「それなら、毛毟（けむし）りなんかの写真もお持ちでしょう」

長屋は手もとのモバイルを操作し始め、そこから画像を選り出していく。「見抜かれましたね。もちろん、ありますよ」ディスプレイの上には胸から横腹にかけて、毛むくじゃらだったはずの部分がすっかり毛が抜き取られ、禿げ山さながら肌の露出したサルの姿が映り出ている。サルの首はこくんと俯いた形になっているので、その顔や、表情は見えてはいない。

峰は目前に差し出されたものをじっと見つめていたが、やがておもむろにそれへ向かって指を伸ばしていく。指はほとんど画像と接するか、接しないかというところで止まっている。あたかもそれへ引き寄せられるのか、反発させられるのか、いったいその場に抜き差しならない磁力が働いているというかのように。

目前に静止している峰の姿に向かって、長屋は語りかける。「何にしても、わたしはこうして写し取り、それを提供していく。でもねえ、それはすでに勝手に持っていかれる、勝手に使われるわけですよ。あなた、髪の毛を引き抜いたことがおありでしょう」

峰は一瞬、虚を突かれたような空ろな表情を浮かべる。それから、その目のなかに憎しみの光が生まれる。けれども、それはすぐに溶けていくと、再び、もっと茫洋とした空ろなものが広がっていく。

「さあ、持っていって下さい」長屋が言葉をかける。「見抜かれましたね」峰は低い声で、けれども冷静に答える。それに続く言葉は言い訳とも、主張とも聴こえる。「どうしてです――だって、いけませんか。そうですよ、だけどまた、平和な世界なんて真っ平です。嘘ばっかり、茶番ばっかり、そんなところへは戻りたくはない。とっと、とっとと逃げ出してきたのですから」峰は鉄鎖の柵の前の情景へ視線を向ける。

長屋が手にしたモバイルを振りながら、言う。「いったい、これは何だ。はっきりしているのはわたしを上回っているということですよ。広めたなんてとんでもない。思いがけなくも広まっていくのですよ。どうにかしたいなんて思っていませんよ。どうにかなってしまえとは思っているかもしれません。それでそうしたものを撮っているだけで、不安を消そうとしているのだと責められる」

峰は空ろに笑いを浮かべ、視線を当麻の方へ流してから言う。「わたしはねえ、この人ほどそのたびに思いつきばかり言って回ったりしていませんからね、きっと必然、こういうことになってしまう」

それに続けて、当麻が言葉を発する。「それでもほとんどその分、泣くのです、怒るのです。本当にそんなことはなくてもですね。だけど、実際、その頭髪がこんなことになっていたとは今日、初めて知りました」当麻は言葉を呑み込んだように黙ったまま、じっと峰の方を見つめ続ける。「でも、それがいまやはっきりとした。わたしの後を追ってきて、今日はそのことを告げ知らせてくれた。まったくあからさまだ、そのことがまたひとつ見えてきた」

峰は静かに言い切る。「治りたくはありません。間違ってはいないのですから」

「もちろん、それで構わない。責められるのはわたしの役割だ」当麻は相手を奉る。「わたしが治ったら、どうなるのです」峰は言い返す。「また、元の木阿弥じゃないですか。あなたは何と言うのでしょう。あなたのいいようにあしらわれて、それに合わせて、従って。あなただけでは済みませんしね、周りの世界やら、仕組みやら。治るべきは向こうの方じゃないですか」彼女は再び、繰り返す。「正しいのです、まったく。それなら髪が引き抜かれることは」

しばらくすると、クヌギの木立ちを背にした、鉄鎖の柵の前の情景は変わっている。

それまで繰り返し、振り下ろされていた竿の動きが止まると、あたりの眺めはその分、穏やかさを取り戻すようだ。それでも相変わらず風は吹き荒れていて、その場がすっかり静まるということはない。

またしても、黒い巾着袋のなかからピーナッツが取り出され、それが地面の上へ撒かれることになる。すると、それまではすくんだり、呆然と座り込んだり、そして何より竿の打撃を受け、鳴き声を張り上げたりしていたサルもどこにまだその活力が残っていたかと思われるほど、敏捷な動きを取り戻し、投げられた餌の前まで飛びついていく。黒服の男との間で役目の代わった、あるいは流れの逆回転する動きが平然と行われているともいったように見えてくる。最前、自分のひり出した糞の上に乗ったものも分け隔てなく、一緒くたに口のなかへ放り込んでいく。いまとなってはひとり風だけがその場をひたすらに吹き渡り、延々と繰り返し木々の枝葉を揺すり上げ、土埃を巻き上げているといったようだ。

当麻は真っ直ぐに鉄鎖の柵の前を見つめながら語りかける。「それならサルの正体を見たことがあるか。住居でどんな飼われ方をしているか知っていますか。こういうわけだ」当麻はいきなりわが身の太股を手のひらで叩く。「きっかけや、発端が何であったかはっきりしない。餌の残りを引き上げようとしたせいなのか、ケージのなかの止まり木の位置を変えようとしたためなのか、それともその瞬間を外へ飛び出すチャンスと見たのか。あるいは、ハーネスなんかにがんじがらめにされ、街へ連れ出されることを怖れてのことなのか。何にしても、サルは――そのものはキーキーと荒々しく、神経に食い込んでくる声で叫び出し、いったん堰が切られるや、その苛烈な挙動は手に負えない。生来そのままの敏捷さでケージのなかを所狭しと跳ね返り、飛び回り、触れたものは手当たり次第に投げ倒し、放り投げ、暴力の黒い塊と化していくようだ。そしてこちらは――飼い主はその暴風雨のようなものを前に、途方に暮れるばかり。その得体の知れなさ、不可解さになす術もないといったように。おう、おう――」最後に、当麻は鬨の声のようなものを作る。

しばらく前から長屋はモバイルを手にして、画像を探している。「これはですね、引き千切られたクッションや、ぬいぐるみといったものなのです。そんな尋常じゃない破壊や、粉砕行為の勃発した際、防護にしたり、その気を逸らすために差し出されたものの成れの果てです。まるで噛みついたり、裂いたり、引きずり回したり、そしてすっかりずたずたにしてしまう」中身の綿のはみ出た、ボロとも見紛うクッションや、ぬいぐるみの画像を見せて、長屋は言う。

当麻はディスプレイに映り出たものには目もくれず、長屋のことは放っておき、言葉を続ける。「それで、止まり木は床に投げ倒され、餌箱は引っ繰り返り、棚の上に載っていたものはあたりに散乱し、引き出しは引き抜かれて、どこかへ放り出されている。そんな混乱と無秩序のど真ん中に立ち尽くしているより他はない。けれども、それが起こるのだ、突発的に、あるいは継起的にも。さあ、風よ、吹け。もっと吹け、どんどん吹け。吹き荒れよ」当麻は上空をひとり、ひたすらうなり続けている風を見上げる。

峰はそんな頭上に広がっているものの方へは見向きもせず、言葉を発する。「ほら、こういうわけですよ。そのたびごとに恣に、思いついたことを言い放っている。意気軒昂です。それでもう安んじていられるのでしょうか」

「さあ、始まった」長屋は勇んで、手にしたカメラのシャッターを切り続けていく。

またしても、柵の前の流れは逆転していき、地面に座り込んでいたサルへ向かっては勢いを増した竿が激しく、野放図に振り下ろされていく。こんどはあからさまにサルを狙いつけていて、サルの方もそれを直感しているせいか、それまでの自らへ向けられた攻撃以上に緊張し、その行動を研ぎ澄ませていく。直前まで黙々と、とはいえ素早く、手際よくピーナッツを漁っていたサルはまるで別の生き物と化したかのように甲高く、かまびすしい鳴き声を張り上げ始める。それだけに止まらず、一端を柵の杭に結びつけられたリードを目一杯、引っ張り切ったりしながら、大きく右へ左へと絶え間もなしに飛び跳ね、移り動いていっている。一方、振り下ろされる竿は無情で、冷徹極まりないが、サルの方はその休みない鳴き声も含めて、血流も燃えて、奔放にも氾濫していく流れのようにその場を無闇と駆け巡っている。

峰は目の先で展開されている動きを視線で追っているものの、その分、冷静に語りかける。「それなら、ハーネスを着けて、界隈を散歩に連れられ歩いていたりする姿を見たことはありますか、サルが。近くにある公園で遊ばせられて、噴水の水を浴びたり、飲んだり。それにまた何より、風呂に浸かることが好きなのですね。庭にビニールプールを置いて、それにぬるま湯を張っていって。そう、何かしらわけもなく機嫌が悪く、周りに当たったり、暴れたり、あるいは気分が沈滞気味だったりするときは水遊びかたがた、体を洗ってやるのがよいのです」

「それはそうだ、もちろん、そうしたときもある。気持ちの転換を図ることは大事なことだ」当麻は無条件に峰の言葉を受け入れる。

「それでね、背中をプールの縁にもたせかけ、庭の先に立っている芙蓉の木でも観賞しているように、じっと見つめているのです、サルはね」峰はさらに言葉を続けていく。「そしてまた腕や、脚を取らせて、人に洗ってもらっている。静かな面持ちをして、まるで湯舟の王侯気取りで。目にシャンプー混じりの湯がかかっても、顔をぶるっと振るだけで、泰然としていて。石鹼液が口の周りにはねていけば、無造作に舌を出して、ペロリと舐め回し」

しばらく前から手にしたモバイルを操作していた長屋がディスプレイに映り出てきたものを、ふたりの前へ差し出す。「こうしたものはね、まさにどこででも、いつでも繰り返されている眺めです」そこにはまさに地面にビニールプールが置かれ、泡立った水だか、湯だかがそこに浸かっているサルの毛むくじゃらの身を包み込んでいるという光景が映し出されている。

それには構うことなく、峰は言葉を続ける。「それでまた、ホースから水を浴びせられると、サルはそれを攻撃と見なし、途端に怒り出し、その本性を発揮して、たちまち守りと警戒の態勢に入ったり。その慌てふためきぶりも滑稽だけれど」さらに彼女は続ける。「どの瞬間も精一杯で、切羽詰まっているのですね。地面に落ちて、水力で蛇行していくホースを追いかけ回したり。その先からいきなり水が噴き出し、顔面に当たったら、その途端、それを手放し、慌てて逃げ出したり」

「もちろん、そんなときもある——そんなときも十分、あります」当麻は淡々と、抑揚もなく言う。

「こんなときにはね、ほとんどサルの本来の野生の牙も摩滅し、消えて見えなくなってしまったようになって」峰は当麻の口にしたことなど耳に入らないかのように、さらに言葉に思いを込めて語る。「それにまた、あのただ見開いただけの曇りのない大きな、ドングリの目。どこまでこちらを見据え、何を訴え、何を告げているのか、受け取りようのない目。何も訴えてはいない、何も告げてはいない、結局のところ、それは無知のなかに棲まい、そして深く、静かな、言葉のない沼のなかに沈んでいるのではないかって」それから、思い出したように言葉を続ける。「ああ、手はグローブのようにぱんぱんに膨れ、体毛はきれいに毟り取られ、そこには禿げ地ができている。——触りにいっちゃいけないんですか。撫でにいっちゃいけないんですか」

するると、まるでひび割れて、一段と苛烈に、サルの鳴き声が響き渡る。幾度かその身に竿の殴打を受けていたが、こんどこそ力の籠ったそれの直撃を食らい、サルはもんどり打って、地面に引っ繰り返る。いまや倒れ伏しても、身じろぎすらしていない。そのうち自らは動こうとはしていないものの、その意思を超えて、全身が細かに、小止みなく、ふるふると痙攣しているのが見えてくる。

途端に、峰がその場から立ち上がる。「そうですよ、そうしたものはいつでも、どこでも繰り返されている」長屋の言っていた言葉に返すように言い放つ。

腕を上へ伸ばすと、彼女は頭の天辺近くの部分に装着していたウィッグを、帽子を脱ぐように取り外す。すると、そこからは黒い髪の間にできた、毛髪の引き抜かれた跡の何もない露わな地肌が覗く。「触りにいっちゃいけないんですか。撫でにいっちゃいけないんですか」峰は同じ言葉を繰り返す。それから、彼女は鉄鎖の張られた柵の方へ向かって、駆け始めていく。

風が宙で、うなりを上げている。あたかも何ものとも関わりなく、ひとり吹き渡っているのか、それともそれはまるで周りへ広がり、取り込んでいくかのようにすでに人の気分を変えてしまっているのか。床几に座っている黒服の男も、地面に倒れ伏しているサルも身じろぎすることはなく、情景はまったく変わっていない。それらの間近までくると、峰は駆け続けていた脚を緩め、それでも速足で、確固とした歩みで、そこへ近づいていく。

黒服の男の前に立つと、彼女は言葉を発する。「あなた、お名前は」それから、峰は自分の名前を名乗る。

黒服の男は泰然と床几の上に座り続けている。メガネのレンズには薄らとカラーがかかっていて、表情が捉えがたい。「サルの名前はサンザブロー。カラスのカンタローではなく、サルのサンザブロー」意外というのか、当然というのか、その場から発せられ、初めて耳にする声は低くて、乾いている。

峰はカラーグラスの先の目を見つめるようにして、訴える。「いったい、どこがどうなっているのでしょう。わたしにはわかりません。あなたはどういうおつもりです。あのサルの手は腫れ上がっていることでしょう、きっと体のどこかに禿げ地ができています。きっとありますよ、同じ禿げ跡が。まるでわたしのものと同じ形をして、同じ地肌が飛び出して。見てみましょうよ、確かめてみなくては」

黒服の男は黙ったまま、何も語らない。唇の端が歪んで、声もなく、笑ったようにも見える。

峰は黒服の男の静かで、落ち着いた佇まいを感じ取り、これまでの重圧からは解き放たれたような気持ちになった。振り返って、サルの方を眺め、その場に倒れ伏している茶褐色の毛に覆われたそのもののもとへ足を延ばしていく。胸が鼓動を打っている。本当にそのものを確かめることができるのか。さらにもっと寄っていく。地面に倒れ横たわった脇腹に、確かに体毛の毟り取られ、荒れた地肌の覗いた部分が見える。咄嗟に、手が前へ出ていく。指先がその思いも寄らない、柔らかな肉の感触に触れる。

途端に、何かが引っ繰り返る。いや、引っ繰り返ったのは峰の方か、サルの方か。

気づけば、彼女はサルに組みつかれている。地面から跳ね起き、峰に向かって躍り出てきたのはサルだった。すでに間近で、キーキーと甲高い鳴き声さえ、立て続けに放ち出している。

峰は自分に組みついてくる問答無用の威力を振り払うのに精一杯で、尻餅をつき、踵や、爪先で地面をにじりながら後退(あとずさ)っていく。いったん火の付いたサルの動作は止まらない。飛びかかってくる力と、振り払おうとする力のせめぎ合いで、組んずほぐれつしているうちにようやく、サルの行動範囲を縛っているリードの長さを超えた安全領域にまで、わが身を引き出すことがかなう。必死の抵抗の後、驚きと衝撃が去れば、峰は自分の身が幾カ所もサルに嚙まれたり、引っ搔かれたりしているのに気づく。

首輪でリードにつながれたサルはすっかり静まり、落ち着き、その場に座り込み、ときどき首を回しては何気もなくあたりを見つめている。ことの起こる寸前に東屋の方から、この場まで駆けつけてきた当麻はじっとそこへ立ち尽くしたまま、語りかける。「まさに野生のものの生命力を目の当たりにさせられた。ほんとに暴力の黒い塊だ、これは。おう、おう――」最後は鬨の声を作る。

同じように東屋から駆けつけてきて、モバイルを手にしたままその場に立っている長屋が言う。「わたしは汲々として写しているのですよ、わたし自身は汲々として。ここにはねえ、この写し出されたものにはわたし以上のものがある」

峰は最前、自分の身がサルのリードの先の安全地帯まで引き抜かれたのは両側から、それぞれ自ら以外の力により肩や、腕をがっしりと掴み取られていたためだったと気づく。そして、いまや自分が脱け出してきた先を改めて見つめる。唇の先が震えている。「怖ろしい、何ということ――。あそこにはハトの死骸が転がっていますよ、ごろごろと」さらに言葉を続ける。「ああ、撒かれていたガソリンの匂いまで漂い出してきます」

当麻は思いに捉われたように言う。「まさに暴風雨が吹き荒れた、野生の力の。何なのだ、あからさまそのものだ」

長屋は峰に向かって、語りかける。「嚙まれた箇所はどうですか。この写真に比べれば大したことはない」長屋は峰の腕を見て、それからモバイルの写真を見せ、言葉を続ける。「ひどいときには血清注射の必要もあります。野生の生き物については ね」

当麻はさらに言葉を続ける。「あからさまだ。あからさま過ぎて、おかしい。どうにかなっている。きれいにおかしなことになっている」

峰が当麻に向かって言う。「おかしい、おかしいって、いつまで言い続けているのか。わたしはおかしい、だから、あなたはもっとおかしい」

そのときいきなり、地面に置かれていた竿が宙へ持ち上げられる。黒服の男はそれを持ったまま、しばらく中空に止めている。カラーグラスの先の表情ははっきりとは読み取れないが、それは何かを待っているというより、正確にその振り下ろされる先を狙い定めているためのように見える。

果たして、その瞬間、それが素早く、勢いよく振り下ろされる。途端に、サルの鳴き声が放たれる。そのものはその場で跳ねるようにして、毛に覆われた体を揺すり上げるが、転倒することもなく、どうにか身を持ちこたえる。

確かに竿の動きはその一度きりで止まり、それはもとのように地面の上へ横たえられる。まるで仕置きはそれだけで、確実に、そして決定的に済まされたといったようだ。もと通り何食わぬ顔をして、大事は済んだとばかり、いまやサルの方もその場にもぞもぞ座り続けている。

峰は鉄鎖の柵の前の情景へ視線を向けて、とくに表情を浮かべることもなく、じっとことの推移を追っていたが、それから言葉を発する。「あれは何なの」

竿を地面に置いて、しばらくした後、黒服の男はまたしても黒い巾着袋のなかへ手を突っ込むと、こんどはこれまでに見られなかったものを取り出し、それを無造作にリードにつながれて座り込んでいるサルの前へ放り投げる。一、二歩、サルは前へ出ると、地面の上へ落ちてきたものを手際よく、掴み取り、即座に口へ運んでいく。とはいえ、そのものはかなり大きく——少なくともサルの口よりはずっと大きく——ひと噛み、ふた噛みでは到底、食べ切れない。

そのときになって、サルの手にした灰色の膨らみのある塊が何であるのか、峰は思い当たった。まさにその瞬間、当麻が代わって、その答えを口にする。「ネズミだよ、ネズミの死骸だ」

モバイルを手にしたまま、さらに続けて長屋が言う。「特上のものを授かりました。サルにとり何よりの好物は生き物なのです」

思わず、身が固まる、峰は口に手を当てる。それからもなおまるで引きつけられるように、続いていくサルの動作を注視する。とはいえ、そのもののあまりに明確な、見間違いようのない動きを追っているうちに、初めのざらついた忌避の感情は消えていく替わりに、いま目にしているものがどんどん輪郭を失い、灰色の霧状のものに変化していくような感覚に捉われる。いったい何を眺めていることか。それでも、サルは確実に咀嚼を続けていき、本当に手のなかにあったものはすっかり視界のなかから、目に映る世界から姿を消してしまう。

峰はいまになって、もっとも激しいくらいに愕然とする。いったいどういうつもりなのか。こんなことはない。灰色の霧のなかを道はどう続き、延びていっているのか。実際にはそれほど長い時間であったはずはないが、傍らのふたりもじっと黙ったままで、張りつめた沈黙が続いていていたように感じる。当麻も、長屋も愕然としていたはずだと峰は感じる。まるで向こうに見えているクヌギの林が本当にそこに立っているものかどうかも怪しく感じられてくる。

目の前に漂い、広がった靄だか、霧だかを吹き払うかのように当麻が言う。「そら見たことか」あえて自らを鼓舞するように語っているかのようにも見える。「あののはまさに、すでにもう救助者を襲うよう訓練されていたのかもしれないな。まるで躾けのたまものといったように」

峰は寄る辺もなくわが身に――顔や、背中に――吹きつけてくる風を改めて感じる。「何という風、わたしたちのことなどまったく知らぬげにただ吹き募っている。本当に何という風、知らず知らずのうちにもわたしたちを取り込み、染め上げ、どこへかへと運んでいってしまっている――」

当麻は苛立たしげに、峰の言葉に被せて言う。「風よ、吹け。もっと吹け、どんどん吹いていけ、吹き荒れよ」

モバイルを目の先に構えたまま、長屋は次々にシャッターを切り続けている。振り下ろされる竿、サルに向かって打ち当たるグラスファイバー、茫然とあたりを見つめているサル、その手のなかにあった死んだネズミ、そんなサルの口のなかへ放り込まれ、姿を消していくネズミであったもの――。

当麻はさらに長屋に向かって、言葉を投げかける。「ここに見えているものは何だ。こんなふうにひたすら流れて、増えていくものを、撮って、固めようとするのは間違っているよ。いまだって、もう、刻々、流れているじゃないか、増えているじゃないか。風よ、吹け。もっと、もっと吹け」

長屋は構うことなく、シャッターを押し続ける。「承知ですよ、負け戦だということは。負けを知るということはいいことだ」

当麻は応える。「そうやって、せいぜい、わが身の不安を消していってくれ。風よ、吹け、どんどん持っていけ、みんな消してしまえ」

Ⅲ

しばらく平静を保っていた情景に静々と影が伸びていくかのように、宙へ向かって竿が振り上げられていく。とはいえ、それは緩慢に動いていく重機のように勢いや、迅速さというよりも確かさや、揺るぎのなさといったものをもたらしてくるかのようだ。そうは言うものの、それが振り下ろされていく先には何もない。もっとあえて言うなら、まだ何もないといったようにすら見える。実際、それの降下していったところにサルはいない。

きっと降下してくる竿はいつか、その下にサルが入り込むことを待っているのだ、そうとも見えてくる。いったいどうなればそうした事態が生まれるのか。少しずつ、竿の降下していく位置がずれていくのか。それとも、サルの方がわずかずつその待望の場へ移り動いていくのか。そこには見えない何かの力が、あるいはその反発力が、もしかしてそれらが互いに知り合いようのないままに加わり、交じり、作用し合ってもいるかのようだ。

竿の空打ちは緩慢に、しかし確実に続いていく。峰も、当麻も、長屋もあからさまに愕然とさせられた後、その身内には怒りと、警戒と、訝りと、落胆が湧いて出てきている。そうしたものにわが身が染められ、占められ、そのままの状態でい続けることは難しくもなっているといったようだ。やがて鉄鎖の柵の方へ向かっていくと、当麻はそれを跨ぎ越え、クヌギ林のなかへ入り、そこから一本の太く、頑丈な木の枝を拾ってくる。一歩、一歩を注意深く前へ運びながらではあったものの、長屋は目の先にモバイルのカメラを構えた姿勢で、リードの先に座っているサルの方へ近づいていく。その場から少し回り込むように進んでいくと、これもまたゆっくりと慎重に峰は黒服の男の方へ斜め後方から近寄り始めていく。

竿の空打ちはほとんど同じような緩慢さ、そして確実さで幾度となく、繰り返されていく。再び、鉄鎖の柵を越え、黒服の男とサルとの間に立った当麻は竿が振り下ろされていくと、自らの手にした頑丈な木の枝で地面を叩いていく。竿の音に、木の枝の打ちつけられる音が続いていく。さらに黒服の男の竿の動きは繰り返される、一度、二度と。当麻もそれに重ね、地面に一度、二度と木の枝を打ちつける。それから、ときに鬨の声を上げる。「おう、おう――」竿が地面を打つと、たちまち手が動いていき、反射的にも枝の音が立っていく。それらは見えない綱でつながり、呼応し合っているようにも聴こえる。竿の音の木魂（こだま）となって、枝の音が立ち昇る。竿の音の執拗な影となって、太い枝の音がついて回っていく。黒服の男は自身の行為の後に、太い枝が地面を打ち鳴らしていく音に気づいているのか――気づいていないはずはないが――まったくそんなことは気にも留めず、同じ行動を繰り返していく。手にした枝はひたすら足もとへ打ち下ろされていき、その土埃の舞い立っている地面へと当麻は表情もなく向き合っている。

わざわざサルに逃げる余裕を与えて、ゆっくりと竿は振り下ろされていくのか。サルが去ったその場所へ竿は降下していくようだ。それでも、竿の振り下ろされた後、サルはその場へ移り動いてもいくようだ。もはやその場所は振り下ろされた後なので、二度と同じところへ振り下ろされる怖れはないだろうとばかり。そうしたサルの移動にともなって、モバイルのカメラを向けた長屋もそれを追うように移り動いていく。とはいえ、サルの動きは振り下ろされる竿の動きとも関わり合って予想しがたい。

だがまたしても、どちらかの方に手違いか、狂いが生じたというかのように空打ちが逸れて、まさに見事な直撃となって竿とサルとがぶつかり合う。とはいえまた、それはやはり狙い澄ましてなされた一撃なのか。サルの鳴き声が放たれる。何ごとが起こったのか。続けて、長屋はシャッターを切っていく。こんなものではない――いったい次には何が映り出ているのかとばかり。避けがたい、不可解な思いがモバイルのカメラを向けたままの長屋を黒服の男の方へ接近させていく。

そこはまた、ひとり峰がいましも黒服の男の傍らへ密着していこうとしているその場所に他ならない。カメラを間近から向けられても、床几に座った黒服の男は平然としている。長屋はますます接近していき、シャッターを切り続けていくが、その動作は相手を苛立たせてもおかしくはないし、確かにそうしようとしているかのようにも見える。

とはいえ、黒服の男は振り下ろす竿の動きを止めることはない。地面にそれが降り落ち、空打ちを続けていく音が立つ。その音に呼応し、重なるように向こうで太い木の枝を握った当麻がそれを振り下ろし、地面を叩いていく。

長屋の顔の上には興味と関心が浮かび、次にはまた潮の流れるように無表情が浮かび上がってくる。

峰はしばらくの間、黒服の男の傍らに立ち続けていたものの、それから、空打ちを行っている相手の竿を掴んでいる両手に触れようとする。彼女は手を伸ばしていこうとするが、それを中途で思い止まる。まるで見えない磁場が男の両手の周囲を覆っているようだ。代わりにその手を相手の首筋の方へ持っていく。またしても、その寸前で手の動きが止まり、躊躇が生じる。けれども、次の瞬間、それは伸ばされる。男の首筋に触れる。しかし、相手からは何の反応も返ってこない。

長屋が黒服の男の正面に回り込み、そこからカメラを構える。とはいえ、相手の目はたとえレンズと向き合っていたとしても、ほとんどそこを見てはいない。カラーグラスの向こうでひたすらに沈み込んでいるかのようだ。

それにもかかわらず、黒服の男は竿を振り上げ、そして振り下ろす。向こうですかさず、当麻が木の枝で地面を叩く。さらに一度、竿が地面を打つ。続けてまたもう一度、木の枝が地面を叩く。

すると、峰が黒服の男の首筋に置いていた手の指をゆっくりとそれに沿って動かしていくと、明らかな変化が生じる。そのとき、首筋を撫でられていった男はやがて、おもむろに言葉を発し始める。

風がひたすらに宙でうなり、クヌギ林の木々はゆさゆさと揺すり上げられ、地面からは土埃が靄のように舞い上がっている。じっと床几に座り続けたまま語り始める黒服の男の声はどこか声色めいて、重低音だが、軽々と涼しげなところもある。そして、ひたすらに唱えていくように、厳かな口調で途方もなく男は語る。長々と声が響き続けていく。

「ようやくわたしの番だ。待っていたよ、お待ちしていた。いつから、どこから始まったのか、まずはわたしのことを語って聴かせよう。

そうだその通り、いったいそのとき、わたしは穴の空いたバケツだった、それからまた、地面の上を延々と引きずられていく石膏で固められた脚だった。わたしは胃の腑から迸り出て、路地裏に放水された吐瀉物だった、雨の何たるかを忘れた干からびた大地だった。幾日も何ひとつ喉を通過していくもののない、疲れて倦んだ、飢えの日々だった。

わたしは一昨日、全財産を貧乏人に恵んでやった。昨日は雨のなかのシャッターの下りた商店街を繰り返し行き来して、通りすがりの人間に金をせびって歩いた。雨の雫が鼓動を繰り返していく心臓の毛穴という毛穴にまで冷たく、とはいえまた柔らかに染み入ってきた。わが家はとっくに黒い罵声のなかで火を放たれ、焼失した。ひとり、丘の中腹の砕けた石柱の上から眺める朝焼けほど美しいものはない。

わたしは恥知らずだ。言うまでもなく、存在そのものが恥知らずだ。どんどんやってこい、とっとと向かってこい。矢でも、鉄砲でも持ってこい。

もちろん、わたしは歩いていく、人いきれの充満するジャングルのなかを進む。それから思い出す、わたしはこの国の為政者であったことを。それからまた、記憶が甦る、投資ファンドの主宰者だったそれが。わたしは病院理事長だった、法律事務所代表、入国管理庁長官、そして多国籍企業会長だった。茶番の主人だ、王様だ。思い起こせ、記憶に刻め、もしまだ文句がある者は一歩、前へ出よ。

わたしは海岸の波打ち際に打ち上げられたクジラだ。昨日、浜辺に長々と横たわっているその巨大な、無用の図体を見たとき確信した。波が延々と揺れている、限りもなく、果てしもなく、思いを馳せよ、地球の裏側まで波の呼吸と皺は届けられていく。クジラがどうして、わが道を失い、大波に揉まれ、海岸に漂着したか知っているか。もちろん冷厳な事実、聴覚をやられて、方向感覚を喪失するんだ。寄生虫やら、海中での爆弾、発破やら、爆撃音で。

あそこでへばって、自らを失っていた、憐れで、厄介で。わたしは涙した、憤った、笑った、悔やんだ――だから、あそこに横たわっていたクジラはわたしなのだ――」

そこまで語り続けてきた黒服の男はいきなり、まるで燃料が切れたように黙り込み、じっと固まり切って、言葉を発しなくなる。

峰は男の首筋に置いていた手の指で、そこを撫でる。長屋は男の前で、カメラのシャッターを切る。当麻は握っていた太い枝を振り上げ、地面を叩く。

彼らは再び、発せられていく黒服の男の言葉を聴き始める。男は語る。

「そして、わたしの右肩は凍てつくような寒さに震え続け、わたしの左肩からは炎暑のため絶え間もなく、汗が垂れ流されている。わたしは毎日、三千リットルの水を飲み、三千リットルの尿を放出する。わたしの前には毎日、アリ族の面々が代わる代わる、まるで挨拶でもするように姿を現す。わたしは入れ替わり立ち替わり、けなげに繰り出してくる彼らのそれぞれに名前を与え、寿ぎ、祝ってやっている。それから、行列するものらの立ち去っていった後、わたしは空を流れていく雲のひとひら、ひとひらを命名していくことで時を過ごした。

わたしはある女のために電話をかけてやった。その相手に向かって、〈あなたを愛している〉と。わたしはある男のために電話をかけてやった。その相手に向かって、〈おまえを撲る〉と。また、ある者のためには〈秘密を暴く〉と。また、ある者のためには〈家の窓ガラスを割る〉と。

わたしはある者のために、その相手に向かって花言葉を贈ってやる。毎日、毎日、花束を違えて、渡してやる。カーネーションの情熱、カスミソウの清潔、スミレの慎み、黒ユリの呪い、コスモスの調和、タンポポの別れ――。

わたしはある女のためにエーゲ海の塩水を滴らせてやる。ある男のために北極海の氷を届ける。だれか、男だか、女だかのためにサバンナの枯れ草を贈ってやる。

わたしは街行く通行人に抱きついてやった。悲鳴を上げる者がいた、痛いと訴える者がいた、病いの感染を怖れる者がいた、暖かいと言った者がいた、暑苦しいと訴えた者がいた、震え始める者がいた、とても柔らかいと伝えてきた者がいた、心休まると答えた者がいた、おいおいと涙を流した者がいた。

わたしは抱きついた者の心を眺めた。虫が食い、穴が空き、あるいは干しシイタケのように乾燥し、どこかが脆くも砕け落ち、あるいはまた巻貝のように捩れている。わたしはそれに触れて、慰め、指を突き刺し、あるいはさすって、揉んで、舌を出し、舐めてみた。少しでも違った気分を味わって欲しいと願った。わたしはそこに見えている心とともに泣き、ともに笑い、ともに激しく罵倒した。けれども、ときに向こうが心躍らせているときに、注射針で突き刺してやった。俯き、震えているときに心の皮を引っぺがしてやった――」

そこまで語り続けていった後、またしても気持ちが遠のいたのか、憑き物でも落ちたように突然、黒服の男は言葉を断って、じっと機械のように黙り込む。

再び、峰は男の首筋に置いていた手の指で、そこを撫でる。長屋は男の前で、カメラを構え、シャッターを切る。当麻は握っていた太い枝を振り上げ、地面を叩く。

彼らはまたしても語り出した黒服の男の言葉を聴き始める。男は語る。

「じつのところ、そこにはまるで時間がない。まったく無時間のなかに居続けているようだ。わたしの破れ家のなかにはジャングルが広がっている。サルが鳴き、野鳥がさえずり、キツツキが大木の幹に嘴(くちばし)を突き立てる。絡みつく樹木の間をアナコンダが音もなく這い回り、目の先の茂みのなかを黒ヒョウが悠然と歩き過ぎていく。

とはいえ、何にしてもヒトともっとも近く、けれどもまた似て非なるものと言えばサルを措いて他にない。わが友、サルよ。どこに潜んでいるのか、あっちと思えばこっち、こっちと思えばあっちだ。そのものを見つめよ、心してひたすら耳を傾けよ。

そしてまた、サルたちの棲まう緑に取り囲まれたその場所には何より野生の匂いが広がっている。野生の匂いとは何か。まずもってその場へ始終、垂れ流されていく糞尿の匂いほどそれにふさわしいものはない。重く淀み、そして身動きすら抑え込んでしまうほどに、周りから押し寄せてくるもったりとした匂いの放散。その重く淀んだ匂いのなかでは、自ずと意識も手放され、弛緩していき、薄れていくようだ。ほとんどまた無防備になり、そのうちすべてを緩慢に、朧げに受け入れているようになっている。ますます意識は遠のき、薄れていき、ほとんどもう眠りの一歩手前だ。

野生の森のなかでは、糞尿の森のなかでは葉擦れの音が、遠い、荒らげた呼吸の音が、小刻みな身じろぎの音が、何かの動き回っていく音、定かではない蠢きが密かに伝わってくる。垂れ流される糞尿のように変わりのない生活、延々と繰り返されるだけの動物たちの野生の世界。そのなかへまるで吸い込まれ、引き入れられてもいくようだ、サルたちのそうした無時間的世界のなかへ。あたかも見通しもなく、振り返られるべきものもない世界のなかへすっかり染まり込んでいくようだ。

そこはどんなに明るくとも、なお暗い。意識の立ち上がる前の薄闇の世界なのだ。どんよりとしたまま、ただ波動にも似たものがいたずらに伝わってくる。あたかも何かに誘われ、呑み込まれていってしまうのではないかとばかり。まるで繁茂するシダや、原生林に取り囲まれているといったように。

どんなに緑が生い茂っていても、そこに控えて、広がっているものはどんよりと濁って、淀んだ沼なのだ。そしてまたそこへ緩慢にそのまま沈み込んでいく、手足を囚えられ、思考も引きずり込まれて。逃げ出したくなる――とはいえ、逃げ出したいという思いすらまた、いつのまにか蒸発していって、忘れられる。すっかりもう雲散霧消して、周りの淀んだ空気のなかへ溶け出して。

まったく時の穴に落ち込んだような気持ちになる、まさにサルたちが静かに鳴りを潜めているときには。でもどうかすると、旺盛に、活発に跳ね回っているようなときにはなおさらに。

そしてまた、不意に思ってみる、もうここからは脱け出ることはできない、と――もしそう思いを抱いてみると、そこからは不思議な安息感が生まれてくる。ますます意識は薄れ、浮き出て漂っているだけのようになる。そこはもう意識の谷底なのかもしれない。けれども、そこにはまさに安らぎと、あとはもう沈み込んだままの穏やかさが広がっているだけといったように。

どんなに動き回っていようと、そこへは明るい光が遮られている、淀みのなかへ浸かっているようで、それでも活発に動いて回っている。それはまた、まさにすぐ向こう側だ。そうだ、その通り——彼らは眠りながら起きている、そして、起きていながら眠っている」

そう語ると、黒服の男はいくらか身を屈め、傍らに置かれた黒い巾着袋から、大きな嵩張った機器を取り出す。「それでは、お目にかけよう。サルが踊る」

男が地面に置かれたラジカセのスイッチを入れると、途端に苛烈な電子音が放たれ、目まぐるしくあたりの空気へ向かって音響が炸裂、乱舞していくようだ。続いて、男は何も言わず、手にした竿を振り上げ、それからためらわず、勢いよく振り下ろす。

竿は向こうの地面に座り込んでいたサルをまともに直撃する。激しい鳴き声が放たれ、途端にサルはその場に引っ繰り返る。その衝撃は凄まじく、しばらくの間、サルはぽつんと石ころのように地面に伏したまま、起き上がれない。それから、まるでどこか間違った場所に飛び出てきたというかのように、ふいとその場から立ち上がる。

いまやサルは幾度か、その場で跳ねて、体調を整えているといったようだ。どこかを見つめているわけではないが、何気もなく首を巡らし、傾けている。両腕をぐるぐる回し始め、足踏みめいたものを開始していく。ラジカセから響いてくるテクノのダンスミュージックとともに身を踊らせ始めているが、音の強弱や、リズムとは少しも合ってはいない。とはいえ、響きとはちぐはぐなままに、勝手に夢を見て、そのなかをひたすらに遊泳しているかのようだ。

峰も、長屋も、また当麻もサルの方へ視線を注ぎ、その目まぐるしい変化と、息災ぶりを目の当たりにして、立ち続けている。

長屋が語る。「転んでもただでは起きない、いや、転んでも、もう起きている」それからサルの方へカメラを向け、シャッターを切っていく。

峰は目まぐるしく、けれども不器用に踊り続けているサルを見据えたまま言う。「背中を何か冷たいものが走っていきます——そうです、きっとその毛むくじゃらの身のどこかに、歴然とした禿げ地が広がっているはず」

当麻は冷静に言葉を発する。「あからさまに、頑強だ。野生の回復力だ。ほら、ほら、風もまた吹き荒れてきている」それから、いくらか興奮を示すように太い木の枝で地面を叩く。

踊り続けているサルは敏捷で、奔放だが、その動きがあまりに曲の調子とは隔たっているため、いつまで続いていくものかと思わせるものの、それはいっこうに終息する様子もない。そのうちにラジカセから発せられ、あたりの空気を震わせていたダンスミュージックに被さって、そのなかに低い何かしらの響きが加わってくる。やがてその音は次第に高まっていくようで、ついにはっきりと電子音の流れとは別のものとなって、形を現す。

床几の上に腰掛けた黒服の男はほとんど身じろぎすらしていないように見えるが、その口から、喉から、いや、全身からひとつのうなり声を発し始めている。それは低く、大きく、地の底から噴き出してくる響きそのものといったようだ。はっきりと、黒服の男はその場で、うなり声を放っている。いったい、男がそれを始めていたのはわからない。いつのときからか、どういうことからか。そのとき、それとともにサルがキーキーと甲高い声で鳴き始めている。それまでは激しく身を振り動かし、踊り続けてはいたものの、声はほとんど発していなかったはずだ。

すると、こんどはそれに加わるように当麻も明らかにその場で、鬨の声を上げる。それから、いまや長屋もさらにそれに加わり、喚き声を発する。峰はあたりに発散するような笑い声を立てる。それらは周囲の声や、音響の激しさのなかに入り交じっていくようだが、あるいはそれとぶつかり合い、反発し、打ち消し合っているかのようにも響いていく。

黒服の男の低く、太く、圧倒的なうなり声は延々と、ひたすらに、法外なほど続いている。

しばらくすると、当麻は手にした木の枝で地面を叩き始める。笑いながら、言葉を発する。「ついに本当の正体を見せたというのか。真っ黒の、地の底を這い回っているようなうなり声じゃないか」

峰が体勢も崩さず、じっと座り続けたままの黒服の男を見据えて、言う。「何という怖ろしい響き——。何もかも振り落とそうとしている。でも、本当に？」

長屋はモバイルを手のなかに握り締めたまま、言う。「いったい、何が見えますか。何も見えない。真っ黒な響きが見えている。カメラには写るのか」

黒服の男の重く、低く這いずり回っていく声はいっこうに弱まることもなく、放たれ続ける。終わりもなく、どこまでもいわれもなく、闇雲に突き進んでいくというかのようだ。

するとそのとき、床几に座った黒服の男の後ろの方から、クヌギ林の鉄鎖の柵に沿って遠く向こうの方から、エンジン音が迫ってくる。強風で立ち昇った土埃に加え、走行してくる車の巻き上げるそれで、どこか茫洋とした眺めのなかを確実に、そして見る見る白い車体は近づいてくる。

Ⅳ

それは見る見る近づいてくる。走ってくる白いワンボックスカーと黒服の男、あるいはサル、あるいは当麻や、長屋や、峰との間には遮る何ものもない。

すでにその響きが達し始めた瞬間から、当麻も、長屋も、峰もその方を振り向き、ほとんどめったに車両など入り込んではこないこの広場へかなりの猛スピードで走ってくるそれに驚き、訝しげにもじっと目を注いでいる。それにもかかわらず、黒服の男はこれまで通り激しくひとえにうなり声を放ち続けているだけで、気づいているのかいないのか、わずかも後ろを振り返ることはない。サルもまた、これは当然ともいったようにラジカセから流れ続けているダンスミュージックに合わせて——じつはまったく調子は外れているものの——その場でゴムボールのようにひたすらに、身軽に飛び跳ね続けている。

とはいえ、車とこの場との間には何の障害もなく、白いワンボックスカーは少し手前で急ブレーキを踏むと、床几に座っている黒服の男のすぐ背後で停止する。その直前までの駆動し迫ってくる車の勢いにいくらか危険を覚えて、当麻たちはその場から少し後退ったほどだった。それでも、最後まで黒服の男は後ろを振り返ることはおろか、まったく動じている様子もない。

　停まった車からは男がふたり出てくる。ひとりはそれを運転していたグレーのスーツを着た若い癖毛の男で、そのあとおもむろにその場に立ったのはオフホワイトのスーツを身に着けたそれよりはかなり年配の、額の真ん中に幾分、大きなホクロのある男だった。白い方のスーツの男は黙ったまま冷静な表情で、その場の状況を確かめ、つぶさに見定めるようにあたりを見回している。

　グレーのスーツの男は迷うことなく、真っ直ぐ地面に置かれたラジカセのところまで歩いていくと、腕を伸ばし、間髪を容れずそのスイッチを切る。それまで耳を聾（ろう）するほどに大音量で流れていたダンスミュージックが止まり、その分、あたりは嘘のように静かになっていく。それに合わせて——じつは合っていない——踊り続けていたサルも憑き物が落ちたように身振りを止め、いくらかは首を回したりはしているものの、その場に蹲（うずくま）ると、いまやその身を持て余しているかのようだ。ワンボックスカーが停まってからも、うなり声を放ち続けていた黒服の男もそれから少しして、不意にその発声を止める。男の表情は前と少しも変わっていないように見える。カラーグラスの奥の目もとくにグレーのスーツの男の動きを追っていたようには見えなかった。

しばらくしたとき、どこかふてぶてしいところもある白いスーツの男が幾歩か近寄ってきて、黒服の男の横に立つと、簡単に声をかける。「さあ、どうしよう――もう終いだ」響きはただ淡々としていて、まるで強いるという感じも、なだめるという感じもない。

黒服の男は少しも身じろぎせず、果たしてその言葉が聴こえているのかどうか疑わしかったものの、やがて「ああ――」とばかり、簡潔で、むしろまともな答えを相手に返す。

そうは言うものの、何ひとつ変化が生じるわけでもない。黒服の男は立ち上がるどころか、そのままわずかも動き始める様子はない。白いスーツの男は何を告げていたのか。額にホクロのある男は何かを待っているのか、そういうわけでもないのか、ただじっと――あるいは時も忘れたようにサルの蹲っている地面のあたりを見つめている。

その他のだれひとり動く様子はなく、風だけがただひたすら宙でうなり続けている。こんどは何によることもなく、自発的にともいったように黒服の男が語り始める。

「ところで――そうだその通り、ここに置かれているのはまさに空のバケツだ。穴が空いていようと、なかろうとそれは大差ない、いや、まったく変わらない。なかは空なのだから。サルというのはどうにもしがたい。野生の王で、垂れ流しの皇帝だ。知恵は回るはずなのに、どんなに尽くそうと、排泄物の躾けができない。イヌ、ネコにできることがどうしてもできず、頑として拒む。こちらの言うことをきかず、垂れ流しだ。野生の面目躍如だ。とはいえ、サルはいつもそこにいる。野生の何たるかを誇示して、そこにいる。いつもすぐその前で、すっかり座り続けている。サルめ、サルめ――。どうだっていい。だけど、わたしはサルを愛でつつある。そのものはわたしの前で座っている。本当だ、とはいえ、目がそれに見とれつつある。だけど、わたしは――」

黒服の男がそこまで言いかけたとき、地面に置かれていた黒い巾着袋を掴み上げたグレーのスーツの男はいきなりそれでもって、その後頭部を思い切り撲りつける。巾着袋のなかにはまだ何かが収まっていたのか、それは黒服の男に衝撃を与えるのに十分なほどしっかりと、確かな重量を持っていた。男の動作はてきぱきと、どこか機械を思わすほど無機質だ。

頭を強打され、ぐったりとした黒服の男をグレーのスーツの若い男は横から抱え上げるようにして、地面を引きずっていく。それから、白いワンボックスカーの後ろまでくると、その観音開きのバックドアを開けて、そのままぐったりと正体をなくしている黒服の男の身体を車のなかへ放り込む。白いスーツのそれより年配の男も傍らからその身体を支え持つようにして、手伝ったりもしていたが、終始、とくに表情を浮かべることもなく、淡々として無言のままだ。

それらの一連の行動を手際よくやり遂げた後、グレーのスーツの男は地面に蹲っているサルの方へ歩いていく。それから、黒服の男の使っていたグラスファイバーの竿を取り上げると、それで無造作にサルを一撃し、途端に怯んだそのものをリードで縛りつけるようにして、これもまたワンボックスカーの方まで引っ張っていき、続いて難なくバックドアからそのなかへ押し込んでいく。その場にはまた白いスーツの男がその作業を見守るようにじっと立っているが、若い男と目を合わせると、わずかに頷く。それらはあたかも手筈の整えられた儀式のようにも見えたものの、それが完了すると、白いスーツの年配の男も、またグレーのスーツの若い男も何の問題もなく、定まり切ったように車の座席に乗り込んでいく。

白いワンボックスカーはまだ発進してはいなかったが、その場に立ち続け、終始、その動きを見つめていた当麻と、峰と、長屋はようやくわれに返ったようになって、あたりの馴染んだ景色を――とはいえ、それはいまや一変して、空々しく凍りついているようにも感じられたものの——そこを見回した。それまでは互いに視線を向け合うことも忘れたように立ち尽くしていたが、それから語り合い始める。事態の進行の手早さや、捗り（はかど）ようには驚きを覚え、呆気に取られるほどだったが、そこにはそれだけではなく、むしろその場に居座ったままわずかたりとも動いていない、何ものかがあるかのようだった。起こったことを通して、何かしら得体の知れないものが目に見えないままに、手で触れられないままに、けれども実際はその場にあからさまに目で見え、手で触れられるようにもして、居座っているようだった。実際、驚き、呆れさせられ、またなおざりにあしらわれているようにすら思えながら、同時にどこかこうなるはずだったとも言えるほどその流れや、変化といったものには何か身につまされるような思いを感じないではいられない。

峰はいまになって——むしろいまこそはっきりと——その場で震え始めている。

「いったい、何なんだ」しばらくカメラを向けることも忘れて、同じ場に立っていた長屋が言う。「シャッターを切らせないほどの何かの力が、威力が働いていたというわけじゃないか」

当麻が笑い飛ばすような口調にも見せて、言い放つ。「さんざんホラを吹いていたのさ。そして、一件落着。まったくひと騒ぎ起こして、それが済んだとばかり」

「サルを愛でているなどと――」長屋が慎重に言葉を続ける。「何かがおかしい。何かをさせられようとしている。いや、もうさせられていたのか」

峰は身体を震わせながら言う。「あの人、どこか自分の語っている言葉を信じていたのよ、頭がおかしいということよ」

「そう決めつけてみれば、安心もできる」当麻がそれを一蹴する。

長屋がさらに言葉を探るようにつぶやく。「何かを真に受けている。いったい、何を真に受けているのか。どう真に受けているのか」

峰は疑問を浮かべる。「いったい、わたしの目はどこへ向かっていたのか。それに、あの人たちの眺めていたものは」

当麻がこんどは冷静に言う。「まったく何をやらされていたのか、といったことはある。そのつもりはなくとも」

長屋がしみじみと言う。「だけど、身がきりきりと絞めつけられてくるような感じがあるな。頭をぐいと下へ向かって、押さえつけられていくような。それで、カメラの目もそこで起こっていたことを覗けなかったって。いや、すでにそれを必要ともしなくなっているっていったような」

峰はその手の先を震わせながら言う。「ああ、あの人たちに背筋を触られていたような気がしてきました」

当麻はまたしても、笑い始める。「不穏の予兆――動悸かな、いや、どこか新しい光が差し込んでくるような。でも、それは足もとから湧き出てきて、思いも寄らず照らしつけてもくるといったような。他人事じゃない、確かに他人事じゃない」

峰が疑問を呈する。「あの人、まるで自分から望んでもいたといったようなほど、易々（やすやす）とあの車のなかへ押し込まれてしまったじゃない」

長屋がそれに続ける。「だけど、まるであの重低音のうなり声が車を呼び寄せたのじゃないかというくらい」

当麻が笑い声を発する。「何をやっていたのか、いったいだれが。何をやらされていたのか、いったいだれが」それから、続ける。「ずいぶん大っぴらじゃないか。やってくれるじゃないか」

長屋が冷静に問いかける。「もしもの話ですよ、後ろから頭を撲られるというその話――それなら、撲られる前に言っておくべきことは？」

峰がその言葉を言い換える。「それはこう言うべきかもしれませんね。撲られないために言わずにおくことは、と」

「だけど、きみはわたしを撲るために、毎日、わたしの後をついて回っているじゃないか」当麻はそう言って笑い、さらに長屋に向かって、笑い続ける。「そしてそれなら、あんたは撲られないために写真を撮りまくっている」

そのとき、まるで建物か何かのようにすっかり鳴りを潜めていた白いワンボックスカーのバックドアが開き、そこへ押し込まれていた黒服の男の姿が現れる。すると、たちまち男は何かを宙へ放り投げる。その大して大きくはない塊は地面に落下するや、途端に苛烈な響きを立てて、弾け始める。黒服の男は、土の上を身悶えでもするように発光し、跳ね飛んでいる爆竹のさまを確かめる間もあらばこそ、直ちに脇目も振らず自らドアを閉ざし、そして再び、問答無用とばかり車内へ消えてしまう。

ほんの一瞬の爆裂現象というだけで、驚くほど大きな音が立ったものの、それはすぐに終息し、再びあたりは、ときに宙でうなりを上げている風の他は静まり返っている。いまになって、火薬の焦げた匂いが漂ってくる。

沈黙を破って、峰がようやく声を上げる。「何なのですか、あれは。いまのものをだれが見るというのか、だれが聴くというの。わたしたちの他に」峰の肩は震えている。

長屋がその言葉に続ける。「いや、前座席の方には相変わらず、ふたりしてじっと座り込んでいますからね」

「だけど、いまのはまるで終いの拍子木の立てる音の代わりじゃないかって」当麻が口を開く。

再び、バックドアの閉ざされた後、白いワンボックスカーはそれまでと変わることなく、その場で沈黙と不動を保ったまま、停まり続けている。

不意に、長屋が命令口調で、言葉を発する。「次はおまえの番だ――」

「いったい、何なのでしょう、まるで人を脅してみせているようじゃないですか。背筋を指でさすっていって」峰が言葉を吐き出す。

「本当さ。まったく人を使い回しやがって。ぶちかましやがって」当麻が笑い声を立てる。

それまで何の変わりもなかった白いワンボックスカーに変化が現れる。いまになってようやくといったように、車の前扉が開き、助手席に座っていた年配のオフホワイトのスーツの男がそこから降り立つ。その者はもうひとり運転席のグレーのスーツの男ともども、あの黒服の男の仕出かした騒ぎの最中も何ら動じる様子もなく、車中ではせいぜいバックミラーや、ルームミラーで後ろを覗いているだけで事足りるとばかり、前を向いた姿勢のまま座り続けていたはずだった。

　車から出てきて、その白いスーツの男はどこへ向かうのだろうとも思えたが、首を伸ばし、車の後方を一瞥（いちべつ）してからは何も気にかけることもなく、最前、黒服の男の座っていた床几のところまで近づいていく。地面の上に放置されていたそのものを片づけるつもりなのかとも思えたが、そんなこともなく、男はそのままおもむろにその上へ腰を下ろす。その動作そのものはあまりにはっきりとしていて、輪郭も明らかだ。

　床几の上にあからさまに座り込んだ白いスーツの男を当麻も、峰も、長屋も目を瞠（みは）り、用心深くじっと見つめている。相手は三人をぞろりと眺め回した後、先の方へ視線を放って、いきなりおもむろに語り始める。

「あのサルは違いますよ、いまのここに蹲っていたサルはね。逃げ出してきたものじゃない、実験施設に収容される前にね。まったくそんなものではない。そういう運命をたどることはなかった、あれはね。だけど、ほんのどこか一歩でもまかり間違えばそんなことになっていなかったとも限らない。そういうことは大いにありうるのです。実験棟へ入れられて、毎日、試薬を注射されたり、体中に電極用のワッペンを貼りつけられて、こんなふうに椅子に座り込まされているということは。そうかと言って、いろいろ悶着を起こして、人里から追われて、黒くて、硬い岩だらけ、あの溶岩台地へ逃げ込んでいたものでもない、そこから捕らえてきたものでもない」

額にホクロのある男はいっこうに言葉を途切らせることもなく、長々と語り続けていく。「けれども、そういうことにはならなかった、あのサルはね。それでもって、毎日、餌は与えられていない。わざわざ自分で調達してくる必要はない。われわれは餌を撒く。サルは喜び勇んで、それにありつく。どうしてそんなことが可能なのか。役に立ってくれているからです、それはね。まあ、科学的成果に貢献しているというわけではない。けれども、役に立ってくれている。愉しませてくれている。これを愉しみと言わずして、何と言おう。いなくてはならないものとして、日々を生き抜いているというわけではありませんか。ときに涙が流れるほど愉しませてくれている、まるで怒髪天を衝いていくほど愉しませてくれている。あるいはまた、お互い、われわれとともに同じ病いに罹り、熱を出して、ふらふらになりながらもなお肩を組んで、体を揺らし続けているといったくらいに愉しませてくれています。まさにその場に蹲り、あたかも肩に手をかけ、すっかりもたれ合い、波のまにまに浮かぶ小舟さながらに揺れ続けている。あのサルとはね、わたしたちは皆ね。肩を組んで、もたれて、揺れて、必死に生きているわけだ」

不意に、当麻が語り続けている男の言葉を遮るように尋ねる。「いったい、どういうんでしょう、今日はほとんど一日中、風が吹き募っていますね。どういうわけでこんなに風が強いのでしょう」

それから、それに続けるように長屋が尋ねる。「あなたはさっき白いワンボックスカーをすっ飛ばして、ここまでやってきた。あのワンボックスカーはお気に入りですか」さらに言葉を重ねる。「さっきのあの黒いストライプのスーツを着ていた人はどなたなのですか」

白いスーツの男は一瞬、ふたりの方を見つめるが、そのあとはすぐにまた視線をもとの方へ戻す。それから、何ごともなく、前と同じように再び、語り始める。「そして――それでも、ときに頭をどかんと撲られたような気持ちになります。そこに、目の前に座り込んでいるサルの目とまともに出合ってしまいます。その見開いた、曇りのない大きな、丸い目が浮かび上がります。本当のところはこちらをどの程度、見据え、何を訴え、何を告げているのか、受け取りようのない目。何も訴えてはいない、何も告げてはいない、結局のところ、それは無知のなかに棲まい、そしてそれは深く、静かな、言葉のない沼のなかに沈んでいるのではないか。けれどもまた次には、その感情を爆発させて、何がどう巡り回っているのか、その素振りや、行動が追い切れなくなってもいく。あのキーキーという荒々しく、神経に食い込んでくる鳴き声を発しながら。周りにあるものを放り出し、なぎ倒し、どうしてそこまでというほどの苛烈な反抗、抵抗を続けていく。それはほとんど一頭のサルを相手にしているというより、その生存の源にある奥深い、混沌の森や林と向かい合っているのかというほどだ。そして、そんな止めどもない暴力と破壊の果てのある瞬間だ、あたかも奇妙な光がさっと差し込んでくるようだ。それは余りの理不尽さや、無意味さを前にした、まるで奇怪な荘厳さともいったようですらある。それで、思い浮かぶ。それはまさにその敏捷この上ない、毛むくじゃらの姿がたとえば荒れ狂っている時化(しけ)の海に立ち向かい、どうにかなるわけでもないその圧倒的な自然を相手になおそれに挑みかかり、その果てしもなくうねっていく海を荒らし、打ち据え、倒し、揺さぶり、覆そうとでもしているのではないかとばかり。その小っぽけな姿が、はち切れんばかりに秘められた活力が」

　白いスーツの男は周囲をゆっくりと眺め回す。しばらく黙ったまま呼吸を続けていた後、さらにまた視線を先の方へ放って、同じように言葉を続ける。「それからまた、えも言えぬ奇妙な仕種をしてみせているときがあります、サルというやつはね。両手をこう重ね合わせるようにして、こすり続けていて、何かを弄んでいるようなのだが、そこには何もなくて。けれども、ひたすらにそんな仕種を続けていて、そうかと言って目はそんなところを見てもいない。人間だったら、拝んでいる所作とでもなるのだけれど。何かを拭い、汚れを落とそうとしているところとも見えるが、サルにそんな衛生観念はありません。何かの気持ちの悪い粘着（ねばつ）きのようなものがあるわけでもなく、痒がっているわけでもない。どうしてそんなことを続けているのか。まったくもって、何ひとつ感じていないのですよ。そこには汚れも、粘着きも、痒みも何もない。サルは何も感じていないし、何も思っていない。その手や、指が何かを感じたりしているわけではない。サルはただそれを続けているだけだ。まるでその身から見えない気が漂ってきて、じわじわとこちらへそれが押し寄せてくるようだ。するとまた一方、どこかこちらから滲み出て、染み出ていくものも期せずして思いもかけず、緩慢にそのものの身へ伝わり、そこへ延びて広がってもいくようで。けれどもまた、それらのものは、気配は、波動は本当に届いているのか、いないのか。そんなことがいったい、あるのか、ないのか。いいですか、とはいえまた、そのものはまるでどこか遥か向こうの彼岸で、果てしもなくそれをこすり続けているようではないか」

　当麻は相手に向かって、構わず訴えかける。「それでは何故、こんなに風が強いのか。わたしが思うに、大っぴらだからだ。それこそ吹き募り、吹き荒れることで、大っぴらを後押ししてくれている」

「それはこの人の考えです」たちまち峰が笑い出して、その言葉に応える。「いつだって語り出したら止まりません。ほんとに懲りるということを知りません」

額の真ん中にホクロのある男は三人の方を静かに、ゆっくりと眺めていく。「あの男について、お尋ねですかな。あまり触れたくもないのですが、その本質についてはひと言で言えます。あの男は破戒坊主です。いろいろと無用な事業や、計画に税金をばらまいてきた政治屋です。たんまりと掃除機の吸込み口のように利ざやを戴いて。お定まりのように夜ごと、街なかに出没し、ゴミ袋を漁って歩く浮浪者です。別に何ということもない、ありきたりの仕事熱心な配送人です」

「あなたは無闇やたらと柵を叩いて回ったことがありますか」床几に座っている白いスーツの男に向かって、長屋が尋ねる。「それにまた、空のバケツを蹴りつけたことは」

「あなたが最近、笑ったのはいつですか、何に対してですか」続けて、峰が相手の男に尋ねる。

白いスーツの男は断固として、けれども静かな口調で言う。「ともに身近にいるものは仕方がない。叩いてやるより他はない。サルを叩くことが愉しみのひとつにならないわけがありません。サルのやつ、垂れ流しやがって。サルのやつ、垂れ流しやがって。サルのやつ、どうしたって言うことをききません。サルというのはね、垂れ流します。何遍、叩いても、教えても垂れ流します。糞尿の海のなかに、太平楽で浸かったままだ。それでこんどは叩かれるのがわかったら、その前に怯えて、自ら垂れ流してしまう。恐怖心からの事前申告だ。ゆるゆると尻の穴からひり出してしまう。ざまはない、大したものだ。何という賢さ、不安の体現者。すべての道はローマに通ず――いや、垂れ流しに通ず。サルは叩くべし。どんどん垂れ流させろ。おぞましい、何という美しい不安。おぞましさはさらにおぞましさを超え出ていく。サルめ、サルめ、サルめ。どうしたって、言うことをききません。サルは垂れ流します。憎め、憎め、憎め。憎しみは旅をする。ようこそ、サルの垂れ流しの王国へ」

そう言った後、白いスーツの男は片腕を上げて、手前に振り、向こうに停まっているワンボックスカーの運転席の方へ合図をする。直ちに車の扉が開くと、なかからグレーの服の若い男が出てくる。次に年配の男が車の後ろの方を指差すと、若い男はそれに従い、その後ろへ回り込み、バックドアを開いて車内へ入ると、そのあとすぐにリードでつながれたサルをともなって、また車の外へ出てくる。

サルはいまや鉄鎖の柵の杭にリードをつながれ、地面の上に蹲っている。突然、環境が変わったことに驚いているのか、あるいは周囲の変化を確かめようとしているのか、おとなしくいくらか首を振り、あたりを見回している。するといきなり、グラスファイバーの竿を握った若い男の腕が持ち上げられ、たちまち振り下ろされる。その苛烈な勢いをもった一撃はサルの身を辛うじてかすり、地面を打ち叩く。サルは恐怖に陥ったようになって、途端に横へ飛び退く。直後に、安心した間もあらばこそ、たちまちそのものへ向かって、次の竿の一撃が振り下ろされる。サルは驚き、恐慌に襲われ、同じ行動を繰り返す。またしても竿はサルの身をかすめ、地面を打ち叩く。サルは身をよける、また竿がかすめていく。そんなことが幾度か繰り返され、サルがその身を横へ移したとき、地面の上にはひとつの小山のような塊が置き残される。

強い風にも煽られてか、その灰褐色の軟らかいゆるゆるのものから発した生存臭がこの場まで漂い流れてくるようだ。サルの口からはキーキーという甲高い鳴き声が宙へ向かって、発せられている。けれども、すでにその役割を果たし終えたというかのように、そのものはリードで引っ張られ、グレーのスーツの若い男の手によって、難なく手際よく、白いワンボックスカーの方まで連れられていき、そこのバックドアから車内へ収められていく。

珍しくその姿を見送るようにして、後ろを振り返っていた年配の白いスーツの男はゆっくりとその身を戻し、三人の方へ向き直る。それから、おもむろに上着のポケットへ手を突っ込むと、そこから手のなかに握ったものを取り出す。男は持ち出した、ケースはなく、本体がそのまま露わになったデジタルカメラを目の先へあてがい、ファインダーから三人の姿を覗き見るようにすると、それをいったん手前に下ろし、それから語りかける。

「これから写真を撮らせてもらおうと思います。いったい、それがわたしの趣味ですと? いや、とんでもない。わたしは自然にしても、物の形にしても、人の姿にしても直に目で触れ、愉しむことにしています。けれども、そうは簡単にいかない場合、初めてこれを利用します。つまり、時間を蓄えるときですね、時間を貯蓄し、先へ向かって備えるとき、その必要を感じるときにそうします。これを使います」

そう語って、すぐにもそれに取りかかるのかと思えたが、さらに言葉を続ける。

「ああ、そうだ、以前に撮った実物をお目にかけましょう」そう言うと、相手の男は上着の内ポケットから写真を幾枚か——サルの写ったものを——抜き出して、目前の三人にそれらを差し出す。

いくらか意外感に打たれたものの、当麻と、長屋と、峰は一枚ずつそれらを手に取り、眺めていく。沈黙を守ったまま、三人は次々にそれらを一枚、一枚、回していきながらじっと見つめている。

当麻は笑い声を放つようだ。それから、あえて目にしたものについて語る。「すると、これはいま連れていかれたものですか。それとも、別の一頭かな。まるでケージのなかを竜巻貫通といったようだ。棚は引っ繰り返され、止まり木はなぎ倒され、餌箱や、ポリバケツが散乱している。そして、ひと騒動終えた後なのか、サルはそのど真ん中で仁王立ちだ。まったくその憤りと、悲しみはどこからきたものか」

峰は目が潤んだようになり、手先が震えている。写真の一枚を手にしたまま尋ねる。「これは脇腹のあたりですか。焼畑のようにきれいに禿げ上がってしまっていますね。サルの身はいまはどこでどうなっているのでしょう」

長屋は何も語らず、無表情にモバイルを持ち上げると、目の前の床几に腰掛けた男へ向けて、シャッターを切る。それから、まじまじと相手を見つめてから、口を開く。「そうだ、このサルはとくにどうというつもりもなく、当たり前に振舞っているだけなのかもしれない。ただわが身を自然のように、このビニールプールを湯船にしたところへ浸からせられているだけで。けれども、あなたはそれをカメラで捉えた。わたしならそうするように、わたしが汲々としてそうしたように。これはカラフルなアニメのキャラクターが踊っているビニールプールだ。でも、そこにご機嫌で浸かっているサルにとっては何ものなのか」

床几に座った白いスーツの男は黙ったまま、三人を順繰りに見つめている。それから、おもむろに自分から口を開く。「そうです、それらはご覧になった通りのものです。そしてもう一枚、最後のそれに写っているその場所はただの空っぽの溶岩台地です。ただ黒くて、硬い、突兀とした岩だけが延々と続いているところ、実験施設への搬送中、逃げ出したサルが密かに隠れ潜んでいった場所、人里で害獣扱いされて、やむなくそこへ逃亡していった場所——けれども、サルの姿は写っていません。見えますか、しかし、確かに紛れもなく隠れているのでしょう、透明な空気のように、光か、闇となって、そしてその人外境、その場にひっそりと」

ひとり、宙でうなっている風の音が聴こえるばかりだ。三人は口を閉ざし、じっと床几の上の男を見つめている。しばらく黙っていた白いスーツの男は自ら率先して口を開く。

「以前には、こんなことがありました、あったわけです、無数に起こったことのほんのいくつかの出来事です。それから、時は経っています。だけど、どうしてか、そのものが時間の厚く積み重なった層を突き抜けて、いま、この手もとにあります。わたしはねえ、きっとあなた方よりは用心深い。少なくともあなた方はわたしよりずっと活動的だ。いつでもそこらを歩いて回っている、眺めて回っている、覗いて回っている」

峰は相手の顔をじっと見つめている。それから、目を見開くようにして、感情も込めずに尋ねる。「あなたはご自分の額のホクロにいつ気づきましたか。そして、それをどう感じてきましたか」

長屋がそれに続けて、抑揚もなく尋ねる。「あなたは何に憤っていますか。まさにその白いワンボックスカーこそ愛用中ですか。どんなときに乗り込むのでしょう」

白いスーツの男はじっと三人を見つめている。それから、滑らかに、緩やかに視線を移していき、地面の先の一点へ目を向ける。そして、おもむろに言葉を発する。

「それでは、始めましょう。その地面の上に置き残されたものと一緒にカメラに写ってもらいましょう。少し残念ですね、カメラでは捉え切れませんからね、まだそこに残っているはずの温みも、そして、そこから立ち昇ってくる鼻の曲がっていくような臭気も。わたしは用心深いと言いました。いつ世界のルールや、評価が変化してこないとも限らないのです。もしかしたら、ある朝、起きたら、車が右で、人が左通行になっているかもしれません。たとえそこまでのことはなくとも、交通規制が敷かれたり、通行止めになったり、職務質問を受けたり、尾行されたり、盗聴されたり、そしてもちろん盗撮されたり――」

そう言っているそばから、床几の上の男は立て続けに幾回か、手にしたカメラのシャッターを切っていく。「そして、ここに写っているものをいつの日か、わたしが見る、あなた方が見る、だれかが見る。いつの時か、それを愉しむ、あるいは憤る、あるいは悲しむ、あるいは憐れむ。さあ、どうなっていることやら。それこそ身が震えるばかりにぞくぞくと、むらむらと、ぶるぶると揺すれて、振れてくるのではありませんか」

白いスーツの男はだんまりを決め込むように、真っ直ぐに前を向いたまま、じっと床几の上に腰かけ続けている。風ばかりが吹き募り、その場には沈黙が置かれている。当麻と、長屋と、峰はあたかもそれぞれ舫(もや)いを解かれたようにその場を当てもなく、ゆっくりぐるぐる行きつ戻りつ、歩き回り続けていく。ほとんど愕然と、あるいはそれを通り越して茫然としている。互いに相手と視線を見交わすこともなく、俯き気味に地面を見て、言葉をつぶやく。

当麻が踏み出していく自分の足先を見つめながら、口を開く。「何なのだ。大っぴらじゃないか。あからさまにやってくれるじゃないか」長屋がゆっくりと歩き進んでいく向きを変えると、言葉を発する。「何かがおかしい。どうにも何かがこの身に触れてくる」峰はときに空を仰ぎ、それからまた地面へ目を伏せると、つぶやきを洩らす。「寒気がしてきます。自分で震えて、寒気を呼んでいる」

「こんなもの見せやがって」吐き出すように言葉を発する当麻の手には渡された写真の一枚が握られている。「何なのです、これはいったい――」そう続ける峰は手にした一枚のそれを宙に掲げている。

するとそれから、それまで黙っていた床几に腰かけている男がいきなり言葉を発する。初めて、大っぴらな笑い声を立てる。「はっはっ、もし、サルを見たいなら、溶岩台地へ行け。サルを探したいなら、救いたいなら溶岩台地へ行け。そして、気配に耳を澄まし、光の先へ分け入っていけ。急げ、急げ、まもなくだ。でもまたすると、闇が下りてくる。溶岩台地のようにひたすら黒くて、硬い、夜の帳(とばり)が」それから男は再び、黙り込む。すると次に、茫然とあたりを見回す。「ふうん、そうか、ここは溶岩台地なのか」

当麻と、長屋と、峰はすでにその場にじっと立ち止まって、異様な生き物でも眺めるように白いスーツの男へ目を据えている。

当麻はしれっとした声で、相手に尋ねる。「いつかあの場所で、地鳴りが響き渡りますか」

長屋が淡々と続ける。「岩の大きな割れ目から、真っ赤な溶岩流が迸り出ますか」

峰が驚愕するかのように尋ねる。「火山の身を揺るがすような、爆発が起こりますか」

床几に座った男はじっと前を見つめている。言葉の調子は穏やかで、落ち着いたものになっている。「こんど、わたしの家へ招待します。いつのことになりますか、愉しみに待っていて下さい」それから態度が急変し、その口振りも激しいものとなって、訴える。「わたしのことを叩いたな、脅したな」すると再び、口調は穏やかなものとなるが、その口にしている言葉は過激なものと化している。「この額のホクロを取るところを見たがっていますね。よろしい、見せて上げましょう」そう言うと、白い服の男は上着のポケットから折り畳み式のナイフを取り出し、それを自身の額の上へあてがう。本当にそんなことを仕出かしているものか、けれども、ナイフの切っ先は上下に引かれ、ひと筋、血の雫が滴り流れていく。

それからはまた、何も語らず、床几に座った男はナイフを地面の上へ投げ出すが、けれどもその代わり、そこに置かれていたグラスファイバーの竿を取り上げる。次いでそれを掴んで、頭上に持ち上げ、振り回し始める。初めこそ無言だったが、すぐに声を放ち始める。「おう、おう、おう――」その場から、関の声が放たれる。

振り回される竿の動きから逃れるようにして、当麻も、峰も、長屋も後退るが、相手に向かって、言葉を発する。

「吠えて下さい」

「鳴いて下さい」

「キーキーと」

「おう、おう、と」

白い服の男は突然、振り回していた竿の動きを止めると、それを再び、地面の上へ投げ出す。それから、じっと三人の方を見据えるように眺め渡す。「わたしの言うことは聴かないわけにはいかない」穏やかな声で、そう言い渡す。

床几の上に座った男は再び、じっとしばらく黙り尽くす。それから、言葉を放つ。

「騙されやがって。ざまあ見ろ」

そのときだった、それまで鳴りを潜めていたグレーのスーツの若い男が白いワンボックスカーの向こうから現れ、真っ直ぐこちらへ近づいてくる。きびきびとして、確固とした足取りだ。男は地面に転がっていた竿を造作もなく拾い上げると、それをそのまま両手で握って、振り回し、床几に座っていた白いスーツの男の後頭部を打ち叩く。

わずか一瞬のうちにやってのける。途端に、白いスーツの男は身を崩し、その場に呆気もなく倒れかかる。グレーの服の若い男はそのぐったりとして、濡れ雑巾のように正体を失った身体を支え、さらに抱え直し、立ち上がらせるようにすると、それをそのまま白いワンボックスカーの方へ引きずるようにして運んでいく。さらに車のバックドアが開けられ、運んでいかれた白いスーツの男の身体はそのなかへ収め込まれる。

いったいその行動は有無も言わさず進められていく。若い男の顔つきは終始、無表情のまま相手と、白いスーツの年配の男と向かい合っている。とはいえ何故か、その行動はどこか情けをかけているようにも、あるいは何かしら相手を助けてやっているもののようにすら見えてくる。どうしてこんなにも迅速なのか。そのあともやはりひと言も発することなく、若い男の動作はまるで鍛錬され、手慣れた行動のようにも進められていく。

一連の作業を難なく終えると、グレーのスーツの男は車の前へ回り、再びその身を運転席へ収める。まもなくして車のエンジン音が響くと、白いワンボックスカーは初めこそおもむろに静かに発進するが、次には見る見るスピードを加え、そのまま広場のなかを走り抜け、たちまちその姿形を彼方の先へ消していく。

V

ほとんど飽きるということを知らないかのように、上空ではただひたすらに風のうなっている音が聴こえ続けている。鉄鎖の柵の前はすっかり閑散としていて、いままでそこに車が停まっていたことが不思議なことのようにさえ思えてくる。激しい風がそうしたものを跡形もなく、吹き飛ばしてしまったというのか。いや、そんな地上の出来事とは関わりもなく、それはただ吹き募っているだけといったようだ。

峰も、長屋も、当麻もほとんどじっとその場に立ち続けている。白いワンボックスカーに収まり込んだものたちが簡単に消えていなくなってしまった分、自分たちはむしろ行き場を失い、そこに佇み続けているといったようだ。三人はこんどこそ、見つめ合い、また見交わすものが自分たちの視線だけになったことを知る。ぎこちなさと、ちぐはぐさ、それとともに馴れ馴れしく倦んだもの、さらにはまた思いも寄らない生々しさといったものが湧いて出てくるようだ。

当麻が吹いてくる風に向かって、ぶつけるように言う。「やつら、やらかしやがって。まんまとやってくれたのさ」それから、続ける。「ぶちまけやがって」

長屋が鉄鎖の柵の前を見つめて言う。「きれいさっぱり消えていなくなった。本当に跡形もない。これで雨でも降ってれば、車の下にあった地面とは土の色が違って見えるのだけれど。いや、タイヤの動いた跡が残っているかもしれないぞ」そう続けると、車の停まっていた地面の上へ向けて、シャッターを切る。

当麻もまた車の停められていた何もない場所を見つめて、自分の語っていた言葉に続ける。「いったい何なんだ。まったく、慄(おのの)かせられていたってわけさ」

長屋がモバイルを手もとに寄せると、それに続ける。「まるでまた、憤慨させられて」

当麻があたかもうめくような口振りで言う。「それでもまた、息が苦しい。まだ確かに、空気が不足している。まんまとやられた」

それまで沈黙を守っていた峰が当麻に向かって、訴える。「あの破裂した爆竹が終いの拍子木だったのじゃないですか、あのとき、黒服の男のやらかした。でも、白い方の服の男はそんなことまるで仕掛けてきませんでしたね」

「つまり、まだ終わっているわけじゃない、そう言いたいのかな」当麻が峰に尋ねる。

峰は冷静に言葉を続ける。「あなたがいろいろ思い、言っているだけですよ。あなたはあの人たちに向かって、言っているのですよ。あなたはこう思っているのです。――とっとと行かせてやったんだ。ざまあ見ろ、と」

当麻は峰の方を向き、それから考える振りをする。「それで、せいせい、すっきりしている、と。そんなことがあるわけない」そして、さらに考えて、言葉を続ける。「そこまで言うなら、こうだ。――茶番は終わったのか、まだその最中なのか。何という大っぴら」

長屋がその言葉に続ける。「いや、まったくだ、安心はできない。本当に姿を消してしまったのか。消したように見せているだけじゃないのか」

当麻がそれに応じる。「つまりは、また現れると。現れるために、引っ込んで見せた、と。あるいは、どこかで覗いている、と」

長屋が言う。「じつのところ、現れないままに、現れているということだってある」

峰が続ける。「やっぱり手で触れられている、息を吹きかけられている」

当麻はじっと黙り込み、地面の先の一点を見つめている。それから、ゆっくりと、確かに、足をその方へ向けていく。そこにはぽつんと、まさに取り残されて、一脚の白木の床几が置かれている。

「やつらはこんなことをするのか」そう言って、当麻は床几の脚を握ると、頭の上へ振りかざし、それからそれを勢いよく地面へ叩きつける。華奢な作りの脚はその瞬間、まるで全体が分解されたようになって、木片と化し、四方へ弾け飛ぶ。

「これはやつらの置き土産さ。彼らの代わりにやってやっているのさ」当麻が落ち着き払った声で言う。

「あなたはそうやって、そして、自分が行っていることを忘れていく」峰が強く目を細めるようにして、言う。

「だれがやっているだって。やつらがやっているのさ」当麻が続ける。

「サルですよ、やっているのはサルじゃないですか。あのケージのなかで竜巻のようなことを仕出かして」峰が応じる。

長屋がその場から歩き出して、地面の上に置き残されていたもうひとつのもの、グラスファイバーの竿を拾い上げる。両手で握って、それを地面へ打ちつけるが、容易には破壊されない。幾段かになった振り出し部分の継ぎ目に狙いをつけて、そこを地面で叩いたり、足で踏みつけたりすると、そのあたりから折れて、竿はばらばらに解体されていく。

「おう、おう、おう――」当麻は鬨の声を上げる。「キーキーキー――」峰は直ちにサルの声色を作る。「おう、おう、おう――」長屋が激しく鬨の声を上げる。長屋はモバイルを当麻の方へ向け、残骸と化した床几の前に立つその姿へシャッターを切る。続いて、サルの声を発している峰の姿へシャッターを切る。それから、モバイルの向きを百八十度回転させ、鬨の声を放っている瞬間の自分の顔へシャッターを切る。

床几と竿がほとんど破壊された後も、なおも行き場を失ったように当麻と、峰と、長屋はそこから動くこともなく、鉄鎖の柵の太い杭の上に腰掛けている。むしろ疑わしさは三人それぞれのなかに、あるいはその間に残ったかのようだ。それからしばらくするうち、次第に闇が下りてきて、あたりは灰色の暮色に包まれていく。風の方はいくらか治まってきたようにも見える。

当麻は吹き出すように、笑い声を立てる。「なあ、あいつら最後の最後までとんだサル芝居を打ったのじゃないか」目で広場の先の方をじっと見つめ、さらに言葉を続ける。「あの年配の白い服の男はわざわざグレーのスーツを着た若い男に自分を撲らせたのさ」

長屋も、峰もほとんど同時に、当麻の方を振り向く。一瞬して、長屋が棒読みのように言葉を発する。「なるほど」

当麻はますます確かな口調で言葉を続ける。「本人がありがたくも頭を撲られ、消え去ってしまったので、語っていたその言葉がますます生きてくるじゃないか。溶岩台地へ行け。そう、言い残したのさ」

当麻は目の先に見えている展けた広場の先を見渡すように眺める。それから、次に杭の上で身体を真後ろへ回転させ、こんどはそこに衝立のように、しかも奥の方までそれが続いていっているクヌギ林の先へ視線を放っていく。それから、はっきりと声を上げる。

「あの薄闇のクヌギ林の木々の陰に隠れているのは何だ。黒々として、じっと蹲るように潜んでいる。サルじゃないか。茶褐色の毛の色も、すでに真っ黒だ。目だけがらんらんと光っているぞ」

長屋も、峰も当麻の発言と同時に、杭の上で身体を回転させ、背後のクヌギ林の方へ向き合う。薄闇と化して、黒々と立ちはだかる木々の茂みの方へ目を透かす。

やがて、その深みを確かめ終えた後、長屋が言葉を発する。「なるほど、思い入れが芽を出した。その場にじっと潜んでいるぞ」

峰がそれに続けて、ただ口を開く。「黄金色のサルじゃないですか。毛並みが金色に光っている」

当麻はじっと目を見据え、ときに視線を移し、いよいよ言葉の調子を上げていく。「いや、そこにあるもの、サルの目はどこまでも無頓着で、無関心なのだ。それでいて、どこにも行き着かず、底無しで、闇のように限りもなく分け入っていけるほど深いのだ。まったくあからさまだ」

峰が言葉を発する。「すっかり熱が出てきています」

長屋が口を開く。「自分がどこに座っているのか気づかない」

当麻は再び、緩やかに杭の上で身体を回転させると、こんどは展けた広場の先の方へと向かい合う。それから、明確に言葉を発する。「さあ、もうすっかりあたりは闇のなかへ包まれるようじゃないか。遮るものもなく、どこまでもただ延々と続いていく岩、また岩。闇のなかでは溶岩の黒さも、硬さも何でもない。ようやく時間が溶岩の色に追いついたのだ。何も立ちはだかるものはない、その静けさに騙されちゃいけない。聴こえてくるぞ、どこからともなく、その周りからサルの息遣いといったものが。耳には届かない、時の裏側からの甲高いその鳴き声、突兀とした岩の上を躍るようにして巡っていく数頭、数十頭の群れの気配が灰色の風のようになって、吹き抜けていくのだ。まったく大っぴらだ」

　同じように杭の上で再び、広場の先の方へ向かい直った峰と長屋が言葉を発する。峰が闇の先を見渡し終わって、冷静に言う。「ミイラ取りがミイラになっています。その証拠に、自分はミイラ取りの監視人だと称している」

　長屋が宣告するように言う。「酒を飲んでいるつもりが飲まれている」

　当麻は静かに前にある広がりと向き合い、ほとんど身じろぎもせず、語り続けていく。「さあ、サルどもはこちらを見つめ始めたぞ。じっと岩場に座って、潜まり、こちらを観察し始めている。いや、ゆっくりと、巧みに岩の上を渡り歩きながらも、こちらへ向けた視線は微動だにしない。じっくりと、見据えるように、まるでピンで仕留めてくるようにこちらを観察し続けてくる。いや、観察ばかりじゃない。じっくりと見物し始めているぞ。面白い生き物でも見るように。珍奇な生き物といきなり出遭ったとでもいうように。何なのだ。まるで檻の前を行ったり来たりしているようじゃないか。こちらは身じろぎすることもない、そうなのか、檻のなかへ収容されて、あいつらに眺め回されている。見られているぞ、ひたすらに。檻のなかにはだれが――われわれヒト科が」

　峰は杭の上に腰掛けたまま、横を振り向くこともない。身じろぎすることすらなく、広場の先の方へ目を向けたまま言う。「この人、泣いているときもだれかの涙だと言い張ります、笑っているときもだれかの笑い声だと言い張ります」

長屋が言う。「サルは腕時計をはめますか」

峰が続ける。「サルはエスペラント語を話しますか」

当麻はすでに身じろぎをすることもなく、前を見つめたままだ。さらに言葉を続ける。「とはいえ、次には何を仕出かすかわからない。用心せよ。鳴くのか、跳ぶのか、引っ掻くのか、嚙みつくのか。何をしだしてくるかわからない、あいつらは。その奥行きもないくせに、どこにも行き着かない目、何をしようと平気の平左の垂れ流し。まったくの恥知らず、恥のないところに棲んでいる。その力はどこへ向かっていくのか、どこから向かってくるのか、いつ始まるのか、いつ終わるのか、どこまで続いていくのか。見えない力、掴まえられない力の塊だ、暴力の塊だ、見えない暴力だ。黒い暴力がそこに潜んでいる、黒くて、硬い溶岩台地に張りついて。ぴったりと張りつき過ぎているので、見分けもつかない。溶岩台地が見つめているぞ。サルの目となって、見つめているぞ。——あれは何の音だ。こちらの気持ちが通じたのか。怖れや、焦りが通じたのか。いや、勝手に立てている音だ。手を打ち合わせている、拍手をしている。こちらに向かって。いったい何故か、そんなことはわからない。ただ檻のなかの見世物相手に向かって、拍手を。あいつらは憐れな生き物なんだ、こんなものを見せられて、拍手をしているなんて。あそこには神々が鎮座ましましている。それで拍手を――ありがたや、ありがたや。とはいえ、その顔は笑っていない。あいつらに笑えるわけがない。顔と拍手とは別々だ。数十頭の顔が見つめている。そして拍手。何の表情もない、何も語らない」

長屋は手にしたモバイルを持ち上げると、横の杭の上から前に広がる広場の方を見つめている当麻の姿へ向けて、シャッターを切る。闇のなかにフラッシュが輝く。それから、続けてふたりに向かって、長屋が言う。「これであの男たちの語っていた話をだれが真に受けていたかわかりましたね」

峰が冷静な口調で、訴える。「拍手をされているのじゃない、させているのです。やるにこと欠いて、他の人まで落とし込もうとしています」それから、しばらくの間、黙り続けている当麻に向かって尋ねる。「何か言いたいことは」

「何かがおかしい」当麻は正面の闇に包まれた広場の先へ目を向けたまま、ふいとつぶやく。

「おかしいのはあなたです。自分で自分を騙そうとしている」峰は真っ直ぐに前へ向けていた視線をいくらか上げると、決然と言い切る。「撲って上げないと、正気づきません」

彼女は杭の上から立ち上がると、解体され、地面の上に転がっていた竿の一片を拾い上げ、それを持って、当麻の傍らに近づく。直ちに、手にした竿をその場で一回転させる。後頭部を強打された当麻は杭の上から、あえなく前へ倒れ込む。そのぐったりと骨抜きになった身体を抱えて、支えながら峰もともに地面の上へ座り込む。

その場に、フラッシュの明かりが輝く。さらに、もう一度。長屋がモバイルを目の先に構え、地面に座り込んでいる当麻と峰を写し取る。長屋が言葉を発する。「前の二度は取り逃したが、こんどは撮れた」

峰は腕の上にあたかも頭陀袋(ずだぶくろ)でも載せているように座り込んでいる。それから、言う。「ああ、こんなところにはいたくはない。どこにも戻りたくはない」それから、手を頭の方へ伸ばしていくと、その頭髪を握って、まとめて引き抜いていく。彼女は声を上げる。それはいったい甲高い、キーキーというサルのものに他ならない。

フラッシュの明かりが輝く。モバイルでその場を写し取っている長屋が言う。「これは何だ――いつか何かの役に立つだろう」

地面の上に転がっている当麻が不意に、目を開く。「すっかり拍手されているぞ、いまのあんたらは。――ああ、そうだった、それからわたしも」さらに、続ける。

「くるなら、こい。いつでもこい。まだ聴こえてこない、サルどもの言葉は。大っぴらだ」

隣人たち

I

前の方から聴こえてくる響きはたいして大きなものではなかった。実際、小池の水面から二メートルほど噴き出しているだけのとくに変わりばえのしない噴水だった。その音も、姿かたちも目立つことなく、周りの眺めのなかに静かに溶け入っている。

とはいえ、目に入る範囲では休まりなく、いつまでも同じように動き続けているものと言えばそのものだけだった。水飛沫は軽快にはね続け、季節柄、涼やかにも見える。たまたまその場に置かれているベンチに腰を下ろしてからは、唐木の目は自然とその前にある噴水の方へと向けられている。とくに何かの考えごとをしているわけでもなく、何ものかを待っているわけでもなかった。

そうしているうちに、その次から次へと噴き出し続けている眺めへと気分は落ちていくかのようだ。噴水の流れはまったく変わるところがなかった。そのひたすらな動きは単純と言えば、この上なく単純だった。とくに強弱や、噴き出し方がプログラミングされているわけでもなく、ただもっぱらポンプの動力によって、水はひと筋に上方へと噴き上げられ、その頂点まで達すると、後は力に見放されたように落下していくだけだった。それでいつまでも同じ動きが繰り返されていく。そのうち延々と続いていく排尿のようにも見えてきた。

人の気持ちを和ませ、目を愉しませるために設えられているはずだったが、そのまったく変化のない繰り返しに気持ちがどんよりと抑えつけられていくのを感じた。動物園の檻のなかを延々と行ったり来たり、あるいはじっと岩のように潜み込み、蹲っている獣を眺めているような物憂い気分に占められていった。噴き上げられ、放たれていきながらも、その動きが強いられ、飽かずに繰り返されているという息苦しさ、何か暗い靄に閉じ込められているという心地にもなってきた。

〈人知れず〉という言葉が湧き出てくる。もちろん、それはそこから視線を逸らしても噴き上げ続けているのだ。またこの場から去っていっても同じことだ。彼だけの話ではない。ここらに集まっているすべての人間が立ち去っていき、あたりに人っ子ひとりいなくなっても、なお噴き出し続けているのだ、と。何ともけなげなことか、何とも解き放たれていることか。あるいはまた、ただそれだけの話だともいうことか。

そしてそのとき、鬱陶しい心地を払うように、唐木は首と上体を他の方へ向けた。前に広がっている広場にはまばらだが、人の歩いている姿も認められる。隣の同じ形をしたベンチに腰を下ろした人の姿が見えた。これまでは気づかなかったが、樹上でときどき鳥の囀(さえず)っている声が聴こえている。

そのうち隣のベンチに座り込んだ女がどうやらその上で何かを行っている素振りに唐木は気がついた。麻のトートバッグがその傍らに置かれ、女はいくらか身をよじるようにして、そのなかをあらためているようだ。唐木は再び、身体の向きを変えたが、こんどはその遠い先の公園際の樹木のあたりから外の通りが垣間見える。そこは彼がこの近辺にある自宅からやってくる際に渡ってきたバス通りだった。

するとやがて、隣のベンチの女が唐木の座っているところまでやってくると、一方の端のところへおもむろに腰を下ろす。思いがけなかったので、彼は改めて相手の姿を見つめ直した。女の目はすでに真っ直ぐ彼の方へ向けられていて、何ごとか尋ねたいことか、訴えたいことがあるのは明らかだった。それから、唐木はいきなり相手に語りかけられ、話を聴かされていくことになる。そのときにはそんなに長いものになるとはまだまるで思いもしなかった。

そうだとしても、この場にこうして座り込んでいればいつかだれかが語りかけてくる、そういうことをどこかで感じていたのか。いまとなってはどうもそういう気分も生まれてくるようだ。

ただじっと座り込んでいてさえ、そういうことが起こる。いったいそれは何か邪魔しにくるようなのか、いや、そうではなく、新たな刺激を——それまでにない光のようなものを運んでくるかもしれないではないか。

確かにいくらか戸惑いも見えたが、はっきりとした口調で女は語りかけてきた。「少し、よろしいですか」すでに横に腰掛けている以上、それは柔らかに念を押しているようにも聴こえたが、唐木の方ではとくに異を唱えるつもりはなかった。どちらかと言えば、相手を促すように視線を発していたのかもしれない。

「さっきここへくるまで、二駅ほど先のところで事故が起こったのです。それで、列車がしばらくストップしていたのですよ」篠井は気軽にそう語りかけ、いったん視線を向こうへ放ち、またこちらの方を向いて、淡々と語り続けていく。「それでなかにいた乗客もその場で立往生、なかなか帰り着けなくて」

それから、相手はしばらく黙り込む。そうは言っても、唐木からの何がしかの返答を待っているというわけでもない。彼としても相手がどうして彼に向かって、そうしたことを語りかけているのか、いまだ余りに手がかりが欠けているという思いがあった。

「どういうことなんでしょう。こんなことが起こってしまうなんて」まるで漠然とした空白を穿つように、篠井がまた言葉を発する。「だって、そうですよね、列車に乗っていたわたしたちはすっかり車内で身柄が拘束されて。それで一方、その二駅先では何か個人的な怖ろしいことが起こっている」

ごく一瞬、息を呑んだものの、唐木はその言葉に打たれていた。

「そうですね、そうかもしれません、そこには何かを感じます。いわく確かに、言いようのない何かを」すんなり素直にその瞬間、感じたことを口にしたまでだ。それまでの戸惑いと警戒をはねのけて、余りあるものを覚えるほどだった。その言葉がほとんどわが意を得たりというまでに響いてきた。それでも、いまだ語りかけられていることへの奇妙にも、訝しい思いは残ってもいて、そのためなおのこと相手の言葉に反応していたのだ。

「少しね、それで気持ちも混乱していたのです」相手の言葉は再び、淡々とした調子を取り戻している。「何だかね、まるでてんでん別々のところでこんなことが起こっている」そう言うと、篠井はまた視線を離れたところへ送るようだが、こんどは目の縁に薄らと笑みが浮かんでいるようにも見え、さらに言葉を続けていく。「それでも、どうやらやがて列車は動き出し、駅に到着したのですが、するとどうでしょう。それを降りて、商店街を歩いていると、若作りの男が——本当に若かったのかもしれませんが——こちらにぴったりと寄せてきて、セールストークを、語学教材か何かのそれを浴びせかけてくるのですね。さっきは遠く離れたものに巻き込まれ、こんどはすぐ密着してくるものに巻き込まれ。まるで風に纏わりついてくるレジ袋のように。相手の体温や、肌を伝っていく汗の臭いさえ感じ取れるほどで」

篠井の話している口調はあっさりとしていたが、やはりまた、その勢いは止まらなかった。そのうちに唐木はその言葉の前で立ち止まり、じっとそのさまを眺めているといったような気持ちに捉えられていった。それからも、こんどはいましがた公園のなかで見かけた出来事について、篠井の語りかけようとしている言葉は続いていく。

「それで、この園内へは向こうのクヌギ林の方から入ったのですがね。砂利の敷かれた広い道に風が渡ってきて、気持ちがよくて。するとしばらく歩いていくうちに、道が交差してより広くなっているところで、人がふたり、何か地面に転がっているのですね。よく見ると、ただ転がっているだけではなく、取っ組み合いのその最中で、くるくると道の上を転げ回っているのです。そして腕やら、脚やらが宙に上がったり、相手の身体に向かって小突き出されたり。目まぐるしく動き続けていっているのです。周りには幾人かがこちらはただじっと柱のように突っ立って、そのさまを見下ろしていて。どうやら地面の上の男たちの仲間のようなのですが。だれも、何ひと言、発しないのです。ただ絡まり合ったふたつの身体が砂利をにじっていく音が立ち続けているばかりで。まるでありうべからざる静けさで。わたしは俯くようにして、足早にその場を抜けていきました。実際、やがてその次の道の交差するあたりまで達すると、芝生の方から配信された音楽が流れてきて、人声も溢れてきて、その先からは建設現場での工事音も響いてきました。するとまた、ほんとにそうなのです、いままでの異様な静けさが破れて、一気に音が雪崩れ込んできて」

篠井はとくに表情も変えることなく、語り終える。唐木はいま相手の話していた場所を思い浮かべてみようとしたが、ぼんやりとした印象が立ち上がってくるだけだった。いったい相手は何のことを、どこのことを言おうとしているのか。いったい彼に何を話しかけようとしているのか。不意に、噴き出すように思いが湧き上がってくる――そんなことは知ったことか。

「いま、ふと自分はどうしてこの場に座り続けているのだろうと思い出していたのです。少しぼんやりとしていて。それで、あなたはかなり不安を感じた」唐木は相手に尋ねる。

篠井はいくらか目を瞠るようにして、じっと彼の方を眺めている。それから、おもむろに言葉を発する。

「あなたはこのあたりにお住まいになられていますよね。幾度かね、遠くからその姿をお見かけしたことがあります。わたしもね、ここからそう遠くはないところに家があります。それで、見かけたというのは中学校横の坂道や、どこだったかの駐車場、それにまた駅前の商店街などで」

またしても、身内に訝しい気持ちが募ってくる。それまでのどこか他人ごとのように聴こえていたその言葉はふとその向きを返して、また唐木の方へ向かってくるようだ。もちろん、自分の身が相手に見られていたとは思ってもいないことだった。しかしそれなら、彼の方でも彼女の姿をこれまで目にして、知っていてもおかしくはないはずだった。

「そうですか、知りませんでした、そんなことがあったのか」唐木は相手に向かって、さらに言う。「そう言えば、わたしはさっきひとりでここに座っているとき、噴水を見つめていたのですよ。ぼんやりとね。まあ、それは次から次へと切りもなく水を噴き上げ続けている。じっとそのさまを追っていると、なおのことそんな気持ちにもなってきますよ。実際、静かに心地よく噴き上げ続けていて、こちらは気分が和んできたり、落ち着いてきたりもします。涼しげにも見えてきて、また何となくご苦労様という気にもなってくる」唐木の話していることはさっき自分で感じていたこととは違っているが、この際、話すこととしてはそれで構わなかった。そんな調子でさらに続けていく。「でも、それが本当にいつまでも終わらない。もう次から次へ。それで、その場にだれひとりいなくなっても、風が吹こうが、雨が降り出そうが、同じように噴き上げ続けている。まったく人知れず、そんな流れが繰り返されている。だれかに見られていようが、見られていなかろうが、少しも変わらない。まったく何ともあるがままそのものだ」

篠井がいきなり弾んだような声を上げる。一瞬、笑いが浮かぶが、それはすぐに消えて、無表情に変わっている。

「おお、〈人知れず〉。まさに何があろうと、何もなかろうと静かに噴き上げ続けている。どうぞ、あそこでご覧にいれます」篠井はそう言って、手を差し出し、噴水のある方角を指してみせる。

唐木は驚いたように、相手を振り返る。それから、向き直って言う。「さっき話のなかで出てきていたあの商店街のセールスマン、ずいぶん迷惑者扱いされていたけれど、どうやらわたしはいま、そんなことにはなっていない。でも、どうしてなのか。わざわざ歩み寄ってこられて、まるで溢れ返るほどの話をしてくれています」

篠井の顔は前を向いたまま無表情というより、むしろ青白くなって、茫然としているように見える。けれども、こんどはさっきと逆に、ふと口もとに笑いを浮かべると、話し始める。「確かにそうですよね、ずいぶんお気遣いしてもらって。わたしの口にしている話というのは次から次へあの噴水以上、そして周りに水飛沫を飛ばして、迷惑をかけている。そうかもしれません」篠井はすでに平生の顔に戻って、言葉を続ける。「確かに話さずにはいられないことがあるのです。まるで背中をせっつかれているようで。ほんとに、それはどこへ向かっているのか。思い違いをされても困りますが、何か頼もしさを感じたのですよ。あなたを以前にお見かけしたことがあったということに。どこか足場を持てたといったような」

篠井は身体ごと向こうへ振り向いて、じっとしばらくただ虚心に先の方へ目を向けている。それからまた、顔を唐木の方へ戻すと、やがて言葉を発する。

「聴いてもらえますか。わたしの話はもう少し続きます。いいですか、話させて下さい」はっきりとそう断ると、またそのまま何ごともなく言葉を口にしていく。「それからもわたしは歩き続けていきました、公園のあの砂利道の上をね。そしてそのあとこんどは、いくらか細い植木に囲まれた道へ入っていったのです。少し進んでいくと、そこはまったくそれの垣根というわけじゃないのですけど、何かはぐれたように三、四本だけ赤いバラの枝が伸びているのです。そして、その場にいつから立っていたのか、気づけば何だかこんな季節なのに厚着をした、ハーフコートを着た男が佇んでいるのです。人がようやくすれ違えるほどの幅の道でした。近くには他にだれもいないようでした。わたしはいくらかためらいを覚えましたが、さり気ないふうをして、その横を通り過ぎようとしていました。でも、強い視線に引かれるようにして、つい相手の方を見つめていました。案の定、男の目はじっとこちらの方へ注がれています。そして、その手には植木のバラの枝を握っていました。わたしは目を瞠るようでした。その途端です、男はその目をこちらへ向けながら、バラの枝を折ったのです。そうです、ただ押し黙ったまま。まるでもう全身、水を浴びたようでした。気持ちの上ではその場に崩折(くずお)れていましたよ。わたしはその場から走るようにもして、立ち去っていきました」

唐木はまじまじと相手の顔を見つめている。ふと、一瞬した後、口もとが緩んできた感覚を覚えた。何かそれまで向かい合ったこともないものとそうしているというおかしみさえ込み上げてきたのだが、それはまたどこか放心からもたらされる気持ちにも似ていた。話はやはり繰り出されるように続いていった。いまになって、そうした彼女を動かしていっているものは何ものかと思いは巡っていくものの、その先はまたどうにも見通しがたいものがある。それから、唐木は言う。

「広大な樹木や、植木のなかに混じって、いろいろなことが起こってきますよ、ときにはね。確かに思いがけない目に遭ったりすることもあるでしょう。でも、こうしたところでは自然の緑だけではなく、そこを移り動いている人の姿まで眺めたり、覗いてみたりもしてしまうことになる。それでまたその後、追いかけられたりしましたか」

篠井はそれには黙ったまま、ただあたかも首を静かに左右に振っていくだけだ。そのあと、顔にはとくに目立った表情を浮かべることもなく、さらに話を続けていく。

「もちろん、家からも近いところにありますし、数え切れないくらいやってきている場所ですから、いろいろと思い出も湧いてくるのです。ここのベンチではなく、あの野外ステージのある方のベンチ、あそこに座ったときのものには苦い記憶もあるのですよ。仲のいい女友達でしたけれど、そのときを限りにもうつながりが絶たれてしまいました。互いの間で、気持ちの底が割れた、底が覗いた——そんなことが起こってしまいました。見るのも嫌ですね、もうあのベンチは」篠井は目を移し、遠くを望んだような視線になる。さらに言葉を続ける。「わたしに関わることだけじゃありませんよ。いつも気をつけて、遠回りしているところがあるのですよ。もう三カ月くらい以前になりますか。行き当たりばったりで、人が殴り倒されたことがありましたよね。男が資材置き場の鉄パイプを持ち出して。あそこのグラウンドの方へは足が向かっていきません。気持ちも重くなり、近づかないように気をつけています。とくに人の倒れていた近くのあの公衆トイレのあたりへは」不意に、篠井の上体が動いていくと、顔に笑いが浮かぶ。「本当にもうこれでは、あちこち地雷だらけじゃないですか。怖ろしいところばかりで。それでも気持ちも和んで、解き放たれたような時間を持ったこともあるのですがね」

その瞬間、唐木は実際、虚を突かれるような気持ちになった。そのまま相手に向かって、言葉を放つ。「ああ、その話はわたしも思い出した、しばらく振りに。あなたがいま、そう——それを掘り出してくれた。まさにものものしい地雷さながらに。でも、忘れ去ってしまうべきではない、そうしたことは。むしろ木の根っこのように見えない土のなかに張り巡らされているのではないか。それは確かに起こったことですからね。実際、疑いようもなく」唐木はこのときになって初めて、影のようなものがよぎっていく感覚を感じた。けれども、自分にそう思わせ、そう言ってきている篠井については見直す気持ちも生まれてくる。

篠井は構わずに、話を続けていく。「そうです、それであのバラの木のところから逃れるように歩いているうちに、そんなことを思い出していたのです。すると、もしやあの男では、と思えてくるのです。もちろんやっていることの性質は違います、あのグラウンドの方で起こったこととは。でも、何か絵具の色が一緒くたになって、混ぜ合わされていって、大きな雲のようなものが出来上がってくる。すると、どっちの男がどっちの男かわからなくなってくる。そんな感じですかね。それが広がっていく」

篠井の視線は唐木の方へ止まっているが、ほとんど何を見ているのかわからない。さらにおもむろに言葉を続けていく。「そのうちにまた、歩き続けていると、さっき広い砂利道の上で目にした光景が思い出されてきて、頭の後ろのところに張りついてくるようなのですよ。あの場で生まれて、砂利の上を転げ回りながら黙々と振るわれ続けていた力、あの黒い暴力がこちらへ向けられ、乗り移ってくるのじゃないか、って。それで何か吹き払おうとしたのかもしれませんね、頭のなかに入り込んできて、巡っていくものを。そうです――気づけばわたしはいきなり駆け出していたのです。何も考えずに前へ足を踏み出し、進んでいって。風を切っていくことで、大きく息を吸ったり、吐き出したりしていくことで、何もかも振り切りたかった、そうかもしれません。頭のなかを空っぽにして」

「そして、周りの空気のなかへそのまま溶け入ってもいくようだ――それはいいかもしれない」唐木は相手の言葉に応じる。

「わたしはたまたまそんなことをしてみたりしていたのです。いきなり走り出したりして」声は穏やかだが、篠井の視線はじっと前を見据えている。それから、言葉を発する。「そして――そのとき突然、身体が前へ放り出された。きっと植木沿いの道の上に張り出していた木の根っこに足の爪先が突っかかったのでしょう。宙を泳いでいった身体は地面の上に倒れ込んだ。そして、手にしていたバッグは勢いよく前へ飛んでいって、きっと突き出ていた庭石のあたりにぶつかった。途端に、惨めさがわが身に降りかかってきた。いったい、何をしていたのでしょう」とはいえ、そう語る篠井の声は相変わらず穏やかなままで、その視線は真っ直ぐ、より遠くを望んでいるようになる。

「何だかね、自分の取った行動が打ち消されたような気持ちになりましたよ」いくらか口を閉ざしていた後、篠井はまた語り始める。「それからは半分、身を起こしたような姿勢になって、気が抜けたようにじっとして、そして落胆が身の内に広がっていって。そのうちに、マグカップのことに気がついたのです。それはここへやってくる前、あの駅前商店街の陶器店のワゴンセールに出ていたのをたまたま見つけて、買って帰ったものでした。それが少し心配になってきたのですよ。手から飛んでいったバッグが向こうの庭石とぶつかっていましたからね。それでね、そのとき不意に喉の渇きのようなものを覚えたのです。自分の行動を振り返ってみたくなったのです。あのマグカップはどうなったのかって。自分の行ってきたことのひとつはそこにも表れてきているのではないかって」

唐木のなかにはぼんやりとした靄のようなものが広がってくる。篠井はこのベンチへ移ってくる前、隣のベンチに腰を下ろしていたのだ。そこで何かしら身をよじった姿勢をして、もぞもぞと動いていた姿が思い浮かんできた。

「そうなのです、それで何はともあれ、わたしはバッグの中身を、なかがどうなっているか、確かめてみたくなったのです」篠井が穏やかな調子で、語り続けていく。「そして、公園のなかを歩いていくと、そこのベンチを見つけたのです。腰を下ろして、早速、バッグのなかをあらためてみました。買い求めたものは一応、ボール紙にくるみ込まれていたのですがね、でも、開いてみると、ぱっくりと割れているのです、三つに分かれて。力が抜けました。やっぱりとも感じました。いったい、どういうことなのでしょう。ああ、そうだったのか、と思いました」

そう言った後、彼女は傍らに置かれていた麻のトートバッグのなかへ手を突っ込み、両手の手のひらにくるみ込むようにして、大きく割れて、三つになった陶器の破片を取り出してみせる。

篠井は手のひらの上に乗っていた破片をベンチの上へ並べるように置いていった。その大きく三つに分かれ、正体もなく、あっけらかんとして並んでいる塊を見て、唐木は不意に、おかしみに捉えられた。

「ああ、これがその結果なのですね。こういうことに成り果てた。何なのですか、これは」唐木は相手に声をかける。

篠井もまた改めて、つくづく分かれた塊を見つめている。「こんなになってしまって。何なんでしょう、これは」さらにそのものへ目を落とし続けて、言う。「こんなことになってしまったから、惨めさを感じているのか。それとも、わたしが惨めだから、こんなものと出合ってしまったのか。自分と向かい合っているような気持ちです。

ああ、あなた、ほんとにこんなになっちゃって」篠井の口から一瞬、笑いが漏れるが、その直後には低く、確かな口調に変わっている。「いいえ、違います。そんなにやわでも、ぶれてもいない。このものはわたしなんかより、ずっと不敵です」それから冷静なままに、声が高まってくる。「どうやったら消えますか、どうすればいいのですか、これは」

しばらく黙っていた後、篠井は口調も改まったようになって、語る。「まるでわたしのなかに蠢いていた不安や、怖れが形を取って、出現した。まるで透けて見えてくるようじゃないですか、裏切り、裏切られた女友達も、行き当たりばったりの鉄パイプでの暴力沙汰も、折られたバラも、砂利道の上での取っ組み合いも、押売りセールスマンも、二駅先の人身事故も。何なのでしょう、これは。わからない、知りようがない。でも、こうしてぱっくりと割れてしまって、もうもとには戻らない。その後のこれを使っての、このマグカップを手に持って握っての、思い描いていた生活が拒まれたような気持ちですよ、ほんとにね」

唐木はベンチの上に置かれた、固まった陶器の破片の横を指先でとんとんと叩く。言葉を発する。「さあ、動け——動いてみろ」

篠井は割れたカップの塊を見つめ下ろしたまま、静かに語る。「こんなふうに割れて、そして、壊れた。確かに偶然ですが、だからこそ二度と同じ形は生まれない。ほら、この尖った具合も、歪な形も。ただ寡黙に耐えている。いえ、耐えてすらいない、ただ開けている。ここにある日の光へ向けて、周りの空気へ向かって。すでにそのままに、あるがままに。あそこにツツジの花が咲いていますね。同じようじゃないですか。同じ日の光を浴びて、風に吹かれ、同じように佇んでいたり、置かれていたり」彼女はさらに続ける。「本当にまったく壊れてしまった。もう用をなさなくなってしまった。不安でもあるし、怖ろしいようでもある。でもだからこそ、馴れて、親しんでくるものがある。それの、壊れたものの通じていく世界というものがどこかしらか立ち上がってくる、生まれてくる。そしてまた、そのものはますます広がっていき、行き来すらしていくかのようだ。だれかとの間で、人との間で」

篠井は不意に振り返ると、唐木の方を向いて、まともに声をかける。「わたしは見たことがありましたよ、以前に。あなたがあの駅前の店へ、陶器店へ入っていって、何かを買い求めていたところを。いまも使っていますか、あのとき買って帰ったものを」

冷たい影のようなものが差してきたという気がした。驚きを覚え、唐木は相手の方を見る。いったい放言をしたにしては、その顔は何食わぬ表情をしている。もちろん、あの陶器店で買い求めたものはマグカップではなかった。しかしまた、あの店を利用したことは間違いなかった。

「何が言いたいのです。わたしに不安をなすりつけたいのですか」唐木は笑いを浮かべて、言う。

「何も。ただ見ていた、知っていた、と言っているだけですよ」

「つまり、こう言いたいのですか。でも、わたしの方はそれを知らなかった、見られているとは、知られているとは夢にも思っていなかった、と」

篠井は唐木の尋ねていることには取り合うこともなく、ベンチの上の陶器を見下ろして、言う。「ほら、これを見て下さい。ぱっかりと割れて、壊れてしまって。どうにもならない、どうにもなりはしませんよ。何なのですか、これは。何でもありはしませんよ」それから、篠井は顔を上げて、唐木の方を向いて言う。「思い出して下さい。まず最初、わたしがここへやってきたとき、あなたはわたしの姿を見て、目を逸らし、首を、上体を向こうへ向けた。もう人の姿をその視野のなかへ入れるのはたくさんとばかり。確かに隔たりを置こうとしたのですよ。そこまではっきりと意識に上ってはいなかった、そう言っておきましょうか。でも、あなたにはそういう気持ちが潜んでいた。まだ避けようとしていますか。もたらされるかもしれない不安に怯え、まだ回避しようとしているのですか」

唐木はいままた、そのときの記憶をたどり直そうとする。いつ、どの瞬間に、この場に現れた篠井の存在を知ったのか。彼はそれまで広場にあるあの噴水を眺めていたはずだ。それから、そこから確かに目を逸らした。それに耐えられず、鬱陶しさを覚えたので。そうであったはずだ。人の存在などわずかも意識のなかにはなかった。それからまもなくして、隣のベンチに座っている篠井の姿に気づいたのだ。まったくおかしな話だ。まるで思い違いをしている、相手はそのことについて。

篠井は再び、ベンチの上の大きく割れた陶器の欠けらへ目を落とし、語り続けていく。「でも、見て下さい、これを。何でもないのですよ、ありのままですよ。もう用を足すこともできなくなり、ほとんどあからさま過ぎるほどですよ。伝わってくるものがあるでしょう、感じてくるものがあるでしょう。あなたもそれを感じてくれたら、これほど心強いことはない」

何を言っているのだ、この女は。何を考えているのだ。不意に、水に溺れている人影を見たような気がした。唐木はふと噴水の方を見やる。それはいつもと変わらず、同じように噴き上げ、そして落下し続けている。見られていようが、そうでなかろうが、人知れず。いったい何の思い違いをしているのか。どこかしらか憐れさの感覚が満ちてきた。実際、それはどこへ向かっての、何に向かってのものか。

篠井はいまや、目を落としていたものを両手の上に乗せて、抱えている。

「どうしても、あなたにもらって欲しいのです」穏やかな声で言う。

「何をです。どうしてです」唐木が尋ねる。

「そんなものはありません。知りません」相手は淡々と答える。

篠井は同じ姿勢のまま動かない。

「あなたに何が出来ますか。わたしに何が出来ますか。これをもらって下さい」

何なのだ、これはいったい。差し出されて篠井の両手の上に乗っている陶器の欠けらへ視線が向かっていく。唐木の出来ることとは何か。こんなものは見たことがない。一瞬、まるでどこかのみなし子のように見えた。次にはそれが手のひらの上で引っ繰り返るのではないかと感じた。言葉が発した。

「まったくだ、あなたはわたしの見ていた噴水から真っ直ぐ現れた。いったい、どうしてこの塊をもらわずにいられることだろう」

相手があのときの唐木の素振りについて勘違いしているなら、それでもいい。このものが何なのかと疑わしくなれば、急に欲しくなり、確かめたくなった。あとは野となれ、山となれ。唐木は反射的に相手の訴えに、それと同じ力で言葉を返している。

Ⅱ

篠井の顔が急にやわらぎ、緩んで、そしてその全体に薄らと笑みが浮かんでくるようだ。その顔は唐木の方からゆっくりと逸れていき、広場の先の方へ、いや、隣のベンチの方へと向かっていく。しばらくその目がじっとそこへ止まっている。次いで彼女は手にしていた陶器の破片を再び、ベンチの上へ丁寧に置き直すと、それからおもむろに、しかし、不意に立ち上がる。そして、バッグを持って――そのなかからは陶器の破片だけが除かれているが――そのままゆっくりと歩き出す。

唐木は呆然としたまま、篠井の立ち去っていく後ろ姿を見送り、それから、こんどはベンチの上に残った陶器の欠けらをじっと見つめている。それはまるで篠井の置いていった残飯のようにも見えてきた。すると途端に、こんどは何に向かってのものか、痛烈に後悔の思いが湧いてくる。どうしてこうもすんなりと、立ち去っていったのか。呆気なくも、またこうなるはずだったとも感じられてくる。どうしてその塊がここにあっけらかんと置かれているのか。唐木は自らの何かが、後ろ暗いところに潜んでいるものが刺激されるように感じる。

陶器の欠けらの塊だけがその場に残り、すっかり空になってしまったベンチがひとつ見えている。こんどはその気分を払うように向こうの先へ目を向ける。あたかもそこでは相も変わらず噴水が水を噴き上げ続けている。

すると、まもなくして隣のベンチから移ってくる人影がある。男の姿が彼の座っているベンチの向こうの端にゆっくりと座り込む。

相手はどうも、とばかり簡単に会釈をすると、語りかけてくる。「あなたは彼女とは今日が初めてですね」

唐木はさっき篠井が立ち上がる寸前、あのいくらか薄笑いの浮かんだ顔を隣のベンチの方へ——そこに座っていたこの男の方へ向けていたのを思い出した。彼には窺い知れないが、もしかしたら、そこには——篠井と男との間には——何か視線の交わし合いめいたものがあったのかもしれない。

相手は構わずに言葉を続ける。「彼女はさっきまでここに座り、あなたにいろいろ語りかけていた。確かにそれはその通りです。彼女はね、わたしに見せていたのですよ、そのさまを」

唐木は改めて、相手の——南部の顔を見つめ直す。髪は短く刈られているが、いくらか癖毛で、そこには若白髪が混じっている。ラフなポロシャツ姿だったが、足もとは黒の革靴だった。目もとは精悍な感じもあるが、口調は柔らかと言えた。初め若白髪と見えたものは年相応の髪のようにも見えてきた。いきなりの言葉の内容だったので、唐木はいくらか面食らう。

しばらく男は黙ったまま、改めてつくづくとベンチの上の陶器の破片を眺めているようだ。唐木は相手に尋ねる。「あなたはそこに腰掛けていたわけですね、その間ずっと」確認を求めるような言い方になったが、問いただすようでもあった。

南部はまだベンチの上へ目を落としたまま、ぽつりと言う。「篠井はこのものをどう感じていたのか。わたしに見せたかったのですよ、これらの塊を」相手が不意に目を上げると、瞳の奥にきらりと光るようなものが見えた気がした。「彼女を動揺させたのだとしたら、それはわたしですよ」

南部が篠井にとってどういういわれのある人間かわからなかったが、すでにそれなりのつながりのある相手であったのは確かなようだ。

南部はそれに続けて、驚くべきことを言う。「それなのに、わたしに差し出すべきものをあなたにやってしまった」何を言おうとしているのかわからない。「そうなのですか。どういうことです」唐木は尋ねる。「わたしにそう言う仕打ちをしたのです」男は続ける。「わたしを鬱陶しく思っているからだ。けれど、それはもちろん、誤解だ。わたしは彼女を救けてやっているだけなのですよ」

唐木は相手の方を見るが、雲のようなものが湧き出てきて、先が見通せない。何なのだ、この男はいったい、という訝りの気持ちが立ち昇ってくる。

南部の顔には笑いも浮かび上がっているが、柔らかで、滑らかな口調のままに続ける。「ですので、わたしが引き取りますよ。持っていきます、それは」さらに言葉は続いていく。「後始末と言っていいかもしれません、彼女のね」こんどははっきりと笑い声が発する。「ああいうものに関わってはいけません。それをくれませんか」

唐木は雲というよりは、ほとんど盛んな波が流れ込んでくるといったような気持ちを味わう。彼はそれに抗するかのように言う。「いきなり何の話でしょう。これをどうするというのです。あの人は、彼女はどういう気持ちで、どんな思いに衝かれていたことか。わたしはそう感じていましたよ。そして、彼女の訴えたことに共感した、そのひとつひとつが何とも露わであることか、と」

さらに唐木はいまも同じようにベンチの上に置かれている、そのぱっくりと割れた、あっけらかんとした陶器の塊へじっと目を向けて、言う。「だから、確かに受け取ったのですよ。何ともまあ、あるがままではないですか、これは。まったく飾りっけなしだ。ただひたすら割れている、壊れている。彼女の気持ちは切羽詰まっていたではないですか、それほどまでに」

南部はこれまでと変わらない口調で答える。「まだよくわかって頂けてないようですね」

唐木は相手に向かって、気持ちを告げる。「わたしのなかではいまだ納得のいかない思いが膨らみ、揺れていますよ。不確かな不安や、不満もあります。一方また、彼女はどんな気持ちでいたことか。あなたに渡すわけにはいきませんよ」

唐木のなかにはさっきふと覚えた激しい後悔めいた気持ちが甦ってくる。それは何に向かってのものか、どうしてか、いや、確かにそうしたものはどこか小暗いところに潜んでいるのだ。

「わたしはねえ、セミナーを開いているのです。会員を集めて」唐木は相手に向かって語った。胸もとが苦しくなってきた。どういうわけか寄る辺ない場所に佇んでいるような気持ちになってくる。不意に自分の仕事に纏わることが思い浮かんできた。いまそこでは会員を募り、増やしていくべく計画しているところなのだが、それが増えるどころか櫛の歯が抜けるようにどんどん減ってきているのだ。それは不況のせいか。だが、それだけとは思えない。何かが欠けている。どこかが間違っていると思えてくる。もやもやとした霧のようなものが立ち込め、自分の立っている場所も定かでなくなってくる。しかしまた、いまのこうした結果を見れば、そんな思いに強く占められていくようだった。問われることもなく、彼の口にしたことはそうした事態の一端だった。

唐木はわが身のことに突き当たった。これまで感じてきた不穏な思いの水源が見えたような気がしてきた。するとまた、その後悔の気持ちが水の染み渡るように広がっていった。

こちらを向いている南部の顔の表情はほとんど変わらなかった。相手はそれまでのことを裏づけるような主張を続けて語っていった。「それならどうして彼女がいまここでわたしにそれを見せようとしていたかと思うのか、そのことについてお話ししましょう。さあ、これをお目にかけましょう」そう言うと、南部は自分のショルダーバッグからいくらか嵩のある塊を取り出し、それを唐木の前へ置いてみせる。

そこに並べられたのは陶器の塊だった。それが三つあり、それぞれは尖った部分があったり、緩やかなカーブを描いていたり、まったく別個の形をした破片に違いないが、それらを集め、断面をつなげていけば、一個の正規の形をしたものが出来上がるのだろうと見えた。それは色や、形こそ違え、篠井がさっき残していったものと同じような大きさのマグカップに他ならなかった。唐木は目の下に置かれた塊を見て、驚きに打たれた。

「さあ、どうでしょう。よく似ていますよね」南部は淡々と唐木に語っていく。「それはそのはずとも言えて、どちらも篠井のものだったのです。もっとも、いま取り出したこちらの方は長い間、彼女の使っていたもの、そしてこのもう一方はこれからそれを使おうとして、それにもかかわらずその前に使用不能になってしまったマグカップ」相手はさらに続ける。「おわかりですか。それでは、どうしてわたしがこの以前に篠井の使っていたマグカップを持っているのか」

南部の顔にはいくらか苦笑いめいたものが浮かんでいて、さらに言葉を続けていく。「すっぱりと割れています。きれいさっぱり壊れている。それで、どうしてこれがこんなことになってしまったのか。彼女がわたしに怒ったのですよ。それはもちろん、篠井の思いや、気持ちとは別のことを、反したことをわたしが行ったり、思ったりしているからです。その怒りが形を取って、現れ出たのがこれらの塊です、破片です。その折、彼女はこれを、これのもともとのものを床に叩きつけたのです。そして、ぱっくり。わたしが裏切ったというのです。わたしが彼女のためを思い、言ったり、行ったりしていることが少しもそうはなっていない。わたしは彼女を裏切って、じつのところ操り、従わせ、支配しようとしているのだというのです。彼女の訴えるところでは。そして、床に向かって、パカーンと。まんまと使われた、と。利用されたと言うのです。裏切った、裏切られた、と」

南部は唐木の目を捉え見つめると、結論づけるように言葉を続けていく。「何であろうと、これが割れたのはわたしのせいですよ。彼女はこれを割って、わたしに迫り、脅したのですよ。ですから、わたしがもらわなければならない、そっちの方も」

相手は改めて、唐木に同じことを迫ってくるようだ。以前のその出来事とこれとはまた話が違うだろうとも思えたが、南部は構わずに言い募ってきているように感じる。どうしてそこまで拘り、強引なのか、それがわからない。どうして最前のベンチでの篠井の振舞いが南部に見せていたことになるのか、またこの陶器の破片をもらうことがどうして彼女の行ったことの後始末になるのか、そのこともまたわからない。

唐木は南部に向かって、言う。「あなたは彼女を救けて上げたいと言った。どうしたらそういうことになるのです。これらは、ベンチの上のこの塊は、ますます疑わしさが膨らんでくるようじゃないですか。不可解な蒸気さえ立ててきている。ますますお渡しする気にならなくなりましたよ」

南部は淡々とした口調を崩さず、説き聴かせるように言う。「ねえ、わたしへ向けてなのですよ、彼女が怒りを放っていたのは」あたかもそのことをありがたく感じているかのように相手は語る。「誤解であろうと何だろうと、もちろん、わたしは彼女を怒らした。わたしは持っていたいのです、それを。自分への戒めとして」

「戒めですか。それはすごい」唐木は応じる。

南部は耳に聴こえていないかのように、そのまま言葉を続ける。「今日もあのときのものを重くて、嵩張りながらもバッグに入れて、歩いていたのです。そんなふうにしてわたしはその気持ちを新たにしています。そうです、わたしにとってはあの〈メメント・モリ〉——あの戒めの言葉の持っている意味にも近いものがある、これにはね」そう言って、さっき自分のバッグから取り出した破片の塊を指先で撫でてさすっていく。

するとそれから、不意に顔を起こし、いきなり南部は笑い始める。「はっはっ、彼女はまだあなたに言ってなかったことがひとつある。わたしは今日、ずっと彼女の後を追っていたのですよ。実際、列車が立往生するもっと前から。どうしてかとお訊きですか。見ていられないからですよ、ただ見ていられない。もちろん、彼女はそれを無視していましたよ。何食わぬ顔で、気づかない振りをしていた、いままさにこのベンチに腰掛けていたときのように」

一瞬、唐木は水を浴びせかけられたような気持ちになった。何か得体の知れないものに巻き込まれているように感じた。まるで篠井と南部が手を替わる替わる相手の肩にかけ、ジェンカでも踊るように彼の周りを巡っていくのだ。

とはいえ、唐木をかついで、騙したとして、それが彼らにとってどんな得になるのか。あるいはもしかして、南部だけがひとり、唐木を謀り、惑わそうとしているのか。こんなことを言い始めているのはそのためか。

「なるほど、そんなわけですね」唐木は自分がどこか闇のようなところへ向かって、言葉を投げかけているといった気持ちになっている。

「あんたは篠井に託されたと思って、うぬぼれている」南部が決めつけるように言う。

次に南部は穏やかな声で、唐木に尋ねてくる。「セミナーとは何をやっているのです」

唐木はためらわない。「プログラミング・アートです。その応用です」尋ねられたことに応じる。

南部はその返答をあっさりと聴き流してから、彼に語りかけてくる。「あなたはこの近辺にお住みになっていますよね。前にもお見かけしたことがあります。あの浄水場と向かい合っている駐車場のあたりで。他でもどこかで見かけたような気がするな」

唐木は振り返って、相手の顔を見つめ直す。一瞬、息が詰まるようだった。自分でもその顕著な反応に驚きを覚えるほどだった。わが身の姿だけが見られ、知られていたのかという思いに捉えられる。

「ずいぶんとご存じですね。どうやらあなたもこの界隈をよく歩いて回っているようだ。もちろん、わたしとしても人目に触れて、ひどくまずいことをやっているつもりはないのですが。でも、確かに真夜中の路地くらいのものですからね、このあたりで人っ子ひとり見えなくなるときと言えば。その通りですよ、だけどまた、こちらの方で何でもないことをしているつもりでも、傍の目はそれをどう捉えているかわかりませんからね。見間違いや、勘違いはもとより、何か故意に捩じ曲げられたり、でっち上げられたり。得体が知れない――まったく怖ろしい。もしかして、わたしがここのベンチで眠っていたところを見たことは？　わたしはこの場で眠っていた覚えは少しもないのですが」彼は続ける。「わたしが俯き、手で耳を塞ぎ、商店街を歩いていているところを見たことがありますか。ふらふらと気もそぞろ、道を歩いていて、工事現場の穴に落ち、頭と腰を痛打して、うんうんとうなり声を上げていたところは。もしかして、わたしがあなたの家の窓に小石を投げつけたりしたことは」

「少し落ち着いて下さい。平静に。実際、わたしはあなたの検察官でも何でもありませんよ」南部が鷹揚に答える。

唐木はこれまで南部の言い分を諾々として聴いてきたようなものだった。それはそもそも南部の方から語りかけ、訴えかけてきたためで、会話の流れはそのまま進んできたのに違いなかった。それは耐え難いというばかりではなく、次第に自身が見も知らない、偽りの眺めに取り囲まれていくような感覚すら覚えさせられていくものでもあった。実際、こうした流れの向きを変えるべく唐木のなかでは言葉が湧き上がってもくるようだった。

「あなたはわたしに何を訴えかけようとしているのですか。いったいわたしはどこに座っているのか。それまでの抱えていた気分と歩き続けてきた足を休め、しばらく憩うためにこの場に座っていた。すると、まるで灯りに集まり、寄ってくる何ものかのように現れ、やってきたのではないですか、篠井も、あなたも。はっはっ、そういうことだ、わたしの周りを歩いて巡り、眺めたり、覗いたり、訴えたり、求めたり。そんなに知りたいなら、お聴かせしましょう。もともとこのベンチに座り込んでいたのは身も心も疲れ切っていたからです。いまになって、なおのことはっきりとそう思えてきます。見通しもきかなくなり、現在、立っている足場も崩れていきそうだ。いま開いているセミナーの進捗具合についてはすでに言いました。思うようにいかず、いろいろと不確かさ、疑わしさに占められていくかのようです。すべての数値が下降線をたどっている。もちろん、はっきりとした理由がわかれば対処もできる——とはいえ、それはいったいどういうことなのか。そう、その通りです、まるで今日、やってきたあなた方のようだ、わけがわからない」

南部の表情にはとくに変化が表れたわけではなかったが、黙ったまま唐木の語っていることに耳を傾けているようだった。唐木は言葉を続ける。「それでも、ときにふと襲ってくる思いがあります。それはもしかしたら、目先に横たわっていたり、隠れていたりする原因よりももっと深く、広く潜み続けていたものかもしれない。ときに寄る辺のない、ほとんど枯葉めいたものしか生えていない荒れ地のような場所に——それでいながらぼこぼこと至るところ、足を取られかねない穴ぼこの空いている場所に立っているような、覚束(おぼつか)ない、頼りなげな気持ちに襲われます。あたかもだれも人を心からは信用していない、だれとも長く親しめず、愛することができない、外の世界と向き合えば余計なトラブルは避けるべく日々、いろいろと周りに合わせ、振りをし続けている、大もとでは相手への関心を失ってしまっているにもかかわらず、利用できるときだけはそうしている——そんな思いや、気持ちが厚く堆積した地層のようになって、横たわっている。そう、当てにならない、頼りにならない。自分に対しても、相手に対しても。すでに周りの世界に向かっての希望や、夢を失ってしまっているせいか。確かに根っこの芯のところではそう感じ、そう思わざるをえないことになっている。そのことを顧みず、忘れたかのようにして何かをしようとしても、うまくいくはずがない。そうは思いませんか」

南部は前を向いたまま、その言葉に答える。「これは興味深い。あなたもまたなかなかどす黒い、淀んだところで溺れかけている。その言い分を聴いてみたい気持ちになってきましたよ。でも、それは篠井の後始末をつけた後だ」

唐木は言葉を続ける。「それだけではない。そもそもどれが先だか、後だか、すでにいろいろ絡まり合ってわからなくなっています。長く付き合いのあった知人との反目、どちらが背き出したのか、背かれ始めたのか、その消息はもはや曖昧模糊として霧のようになっている、銀行の担当者や、業者との交渉の不調、世の中の情勢を見回せば、そのなおざり、身勝手さ、保身、隠蔽ばかりが目についてくる。目の先に見えてる街並み、人の話し声、あたりの喧騒、流れてくる映像、飛び込んでくる音声、電子機器の液晶画面の上の文字の連なり、あたかもどこもかしこも自己宣伝か、自己憐憫で溢れ返っている。もうたくさんだ、騒々しい、鬱陶しい。こんな気持ちにわが身が浸されていれば、何をどうしようとそんな人間の企図して、立ち上げたものが——たとえそれがセミナーだろうと何だろうと——人の集まってくるはずがない。おわかりですか」

南部は唐木に向かって、言葉を返す。「どうにかして上げたいくらいですよ。あなたはあなたのどん詰まりと向かい合っている。でも、わたしの望み、求めていることは初めから言ってあります」

唐木は相手に向かって、言葉を続ける。「ほとんどもうわが身も土のなかに埋まったように身動きが取れないのではないか。いつかはこれらの状況も変化していくということがあるのだろうか。こんな気持ちを抱えていて、日常の生活にも支障が生じてこないはずがないのです。ときに外を出歩いても、家のなかでじっと座ったりしているときでも動悸が激しくなったり、悪い汗が出てきたりで、それをどうにか退治しようとして、ことさら長く、深い腹式呼吸を繰り返したりもしています。なかでも、いまもっとも厄介なのと言えば、眠りへの障害物ですね。なかなか寝つかれず、また、眠りに落ちたとしてもすぐに再び、そこから浮かび出てしまう。自分の意識が肉体を裏切ってしまう。いや、肉体が意識を裏切っているのか。それからはさらに、自分以外の外のものがわが身へ向けて、攻め入ってもくるようです。部屋の横の外壁の前に一本のカキの木が立っているのですが、それが風に煽られると、ゆさゆさと音を立ててくる。しかもまた、それが少し狭苦しいところに立っているので、その枝が無闇と壁にこすれていくわけです。それがもう病人のあえぎ声のようにも騒々しく、息苦しい。眠りに入っていくのを邪魔するし、やっと寝ついたとしたら、すかさずこんどはそこから引きずり出そうと躍起になってくる」

唐木は遠くの一点へ視線を向けたまま、さらに言葉を続ける。「それでいま、それにも増して、わたしがもっとも気にしているのが車のドアの開け閉めの音なのです。このカキの木の枝の方はまだ自然のなせる業として、仕方がないと言えば仕方がないと諦め、納得するところもあるのですが、この車のドアの方には何か黒い悪意のようなもの、暴力といったものを感じてしまう。何しろそれは人が知っていて、意識していて、立てている音だ。その車が家のすぐ下の場所に駐められているのですね。それもいつも夜遅くになってから。そして、どうやらすぐ近いところに事務所か、工場か、あるいは自宅があるようで、その車のトランクというか、バックドアを盛んに開けたり、閉めたりしながらの荷物の搬入、搬出を続けているらしい。そして、車から離れるたびにいちいち扉をバタン、バタンと閉めていく。その響きが耳にこびりついて、離れません。そして、夜に眠りに入る邪魔をして、入ってからはそこへ身を任すのを妨げる。実際、寝ついていると、突然、その音が聴こえてきて、眠りが破られるわけです。まさにそれが幾度となく、繰り返されてきました。でも、近ごろはまたひとつの疑問が浮かび上がってきているのです。確かにその傍若無人の車のドア音によって、目が覚まされる。けれども、その音が本当に現実に発しているそれなのか、それとも自分の夢のなかで、その無意識のなかで発せられて、それに驚いて、自分で目を覚ましてしまっているのか。いったいどういうことか。いや、それが本当にどっちの音なのかはっきりしなくなっている。まさにそんなことにまでなっている。実際、もう親の仇か何かのようにわたしに取りつき、そのものが夢のなかでの常連と化して、活動しているのです。その響きそのものがね」

唐木は南部の方へ振り向いて、さらに語りかける。「それで、その夜ごとに悩まされている、音だけは発すれどその正体のはっきりしないもの、それを是非とも確かめてみたい、知っておきたいという欲求が噴き上がってきたのですよ。いろいろと周囲を観察するように見て回ったわけです。それらしき車が駐まっていましたね。昼間ですが、静かに堂々と駐められているわけです。そのグレーのバンはね。でも、その車が密かに、というのか当然ながら通じて、関わっている場所、その事務所だか、自宅だかがどこにあるのか、ほとんど見当がつきません。折につけ、その動きが生じそうなところを調べてみようともしたのですがね。さっきあなたは話していましたよね、わたしの姿を駐車場のあたりで見かけたことがある、と。まさにその通りですよ。何ともお目が高い。きっと、そのうちの一回をたまたま見かけたのでしょうね。そういうことだ――そして、わたしは見つけられた。怖い人だ、あなたは。悪魔ですか」

　南部はそれまでの態度を崩していない。唐木に向かって、言葉を発する。「おお、あなたはまるでわたしの友達のようではないか。これは相当の病膏肓（やまいこうこう）です。つまりは、見通しが立っていないということですが、いまのところは」

　唐木は相手に向かって、最後の言葉をぶつける。「何かを立ち上げようとしても、その思いつきの大もとのところで根腐れが生じているのです。人を集めようとしていながら、それらの人たちを信じていないことがわかるのです。彼女はやってきました、それをわたしにくれるために。この三つに分かれた陶器の塊。勝手に割れて、砕けて、こんな形になった。その尖った形も、緩やかなカーブも、断面の際立ちもあるがままだ。どうにでもなれ。どんなになろうと、まったくそのままだ。これ以上に、これでありうるものなどまるでない。何という充実。これはわたしのためにもたらされた」さらにまた、きっぱりと言葉を続ける。「わたしにはこれが必要だ。力づけられる。いや、それ以上に、わたしを洋々とした、茫漠とした場所へ連れ出してくれる。これはあなた方からの贈り物だ。もらっておかないいわれがない。ありがたい。ほら、ちょうど三つに大きく割れています。壊れた塊。これはあなた、これは篠井、これはわたし。大変、すばらしい」

それから、唐木は火がついたように、その場からいきなり立ち上がる。南部に向かって、言葉を放つ。

「あんたは何なんだ」

途端に、南部も勢いよくベンチから立ち上がる。唐木に向かって、言葉を放つ。

「あんたは何なんだ」

ベンチを前にして、立ち上がったふたりは視線も張(みなぎ)り、じっと黙ったまま向かい合っていたが、それもしばらくの間で、やがてその場へまた、腰を下ろしていく。南部は唐木の方へ振り向いていくが、その顔にはすでに雪解けめいた柔らかな笑いが浮かんでいる。いきなり時を振り返るように、とはいえ、くつろいだ口調で、南部が唐木に尋ねかける。

「彼女、あのとき笑いをこらえていたでしょう」

唐木もそれに淡々と応じる。「いつのことですか、それがどうしたというのです」

それからまた、思いついて、相手に尋ね返す。「笑いをこらえるって、わたしにですか、あなたにですか」

南部は吹き出すように笑い声を立てて、それから、ひと息に言い放つ。「あんた、騙されているのがわかっているのか。女狐に騙されて、ガラクタを掴まされたのさ」

唐木は相手を振り向く。こんどはそれに対し、唐木が笑いを浮かべる。「それなら、あなたは何故、そのガラクタに執着しているのです」

南部はそれに対しても、自信ありげに応じる。「あんたはまんまと利用されていた、ためにされていたということだ」

唐木が言う。「彼女はただあるがままに振舞っていた。そしてそうだとしたら、あなたの思惑も外れ、自分ひとりで踊っていただけになる。しかも、彼女は切羽詰まっていた。それはまた、そうせざるをえなくてそうしていたということだ」

「あんたはそれに共感した」南部が淡々と言う。

「わたしはそれに共感した」唐木が言葉を返す。

「あんたもその通りだから」南部が言う。

「わたしもその通りだから」唐木が言う。

南部はいきなり笑い出し、言い放つ。「利用していたにしても、ためにしていたにしても、それはそうせざるをえなかったからだ。なるほどね」

唐木は相手の方を眺め、いくらか口を噤み、慎重にそれに答える。「そうかもしれない。それはそうせざるをえなかった」

すると、南部の顔がそのまま緩む。「それは大いにけっこう」それから、こんどはベンチの上の陶器の塊の方へ目を向ける。「そして、これは大いにけっこう」

「これは大いにけっこう」唐木もまた、そこの陶器の破片へ視線を向けて、言う。目がそのふたつとない塊のあるがままの形に引きつけられている。それから、ベンチの上から顔を起こすと、南部に向かって、決めつけるように言葉をぶつける。「それなら――彼女がそうせざるをえなかったのなら――騙されたままでいるわけだ、あなたもまた」

すると次いで、南部も目を向けていたそれら陶器の塊から顔を起こす。それから、笑い始めると、そのままベンチの上から身を立ち上げる。顔には笑いを浮かべたまま、そこから二、三歩前へ進んでいくと、立ち止まり、半ばこちらの方を振り向いた。それから、その場から唐木に向かって声をかける。

「思っても見て下さい、どうして篠井はあのとき駆け出してしまったのか。つまり、この日、いろいろ彼女の心を惑わし、不安にさせることが起こって、重なり、その結果、恐慌をきたして、突然、走り出した。そして、転んで、バッグが投げ出され、なかに入っていたマグカップが見事に割れた」

そう言った後、南部はその場に立ったまま、いくらか腰を屈めるような体勢を取ると、両腕を水平に持ち上げ、腰をひねりながら、ゆっくりとそれらを左右に動かし始める。そうして身体の運動めいた素振りを行いつつも笑いを浮かべ、語り始める。

「はっはっ、どうして走り出してしまったのか。彼女はいつもの太極拳でもやっておくべきだった。あのとき駆け出す代わりに、こうしてゆっくりと身体を巡らし、気を静め、不安や、怯えをやり過ごすべきだった。こんなふうにあの場で。篠井はね、いつもこんなふうに気を取り込み、身体を緩慢に、静かに動かしていた。わたしはその身体運動についてはよく知らないが」そう語りながらも、南部はさらに腕や脚を前後に、左右に動かし、一、二歩前へ出たり、また退いたりもしつつ、その場でその緩慢な全身運動を続けていく。

「こうして、こうして、こうしてね」さらに四肢を、胴体をゆっくりと伸ばしたり、曲げたり、捩ったりと動かしていきながら、言葉を発していく。それはあたかもこの場にはいない篠井の素振りを思い起こし、それに重なり、そのなかへ入っていこうとでもしているかのようだったが、そうした動作が飽くことなく続けられていく。

唐木にはその身体の動きがどこか器用さを欠き、ぎこちなさも見えながら、その独特の緩慢さ、静けさが滑らかさを生んでいくようにすら感じられ、それなりに自然で、まともなものにも見えた。南部の顔の表情も、視線の動きもほとんど変わらず、仮面のようでもありながら、柔らかで、血の通っているようにも見えた。その身体の動きそのものが柔らかな川の流れか、風の動きのようにも感じられる。

「おや、雨粒が落ちてきた」そのとき不意に、額を伝ってきた雨雫を感じて、唐木が声に出す。

それまで空は曇っていながらも、雨の降り出すような気配はなかった。いまやまた、確かにぽつりぽつりと雨は降ってきてはいるものの、それほど空の色は暗くはなく――少しも天気雨というわけではなかったが――むしろこの明るさで雨が降ってくるというのも意外なほどだ。また、それとともに気づけば、いつしか風が吹きつけ始め、雨の雫もそこから飛ばされてもくるようだ。頭上の木の枝がゆさゆさと音を立て、向こうの街路際の並木も静かに、またそのためにもっさりと揺れ続けているのが視界のなかに捉えられる。

南部はそれまでと変わらず、緩慢な身体運動を続けながら、目もまた一点に据えた姿勢を保ったままでいるが、それから言葉を発する。「いったい、どういうんだ。はっはっ、篠井が風を吹かし、雨を降らしているぞ」

まるでその言葉に釣られるようにして、唐木も改めて首を起こし、周囲の眺めへ向けて、ゆっくりとそれを巡らしていく。それまでと変わらないはずなのに、あたりの景色が静かに波立っているような感覚に捉われる。そのどこか見えないところにでも篠井がひっそりと潜んでいるかのような思いが湧き上がってくる。それほど強いものではなかったが、風は休まりなく吹き続け、雨もまたもはや降り止んでいく気配はない。

Ⅲ

周囲で揺すられている木々の枝葉の鳴る音や、雨の降り具合には少しの変化もなかったが、不意に後ろの方から回り込んでくるようにして、ベンチの前へ人影が現れる。初めはどこかの見ず知らずの人間かと思えたものの、一瞬して、それが篠井その人であることに唐木は気がついた。それとほぼ同時に、その場で身体運動を続けていた南部もそのことを知ったようだった。

それまで緩慢に動かし続けていた手足と胴体の動きをふと止めると、南部が目前に現れた篠井に向かって、語りかける。

「おや、だれかと思えば」驚いたふうに言ってはいるものの、大してそうは見えず、そう話しているそばから再び、全身の運動をゆっくりと開始している。

篠井はその場にじっと立ち止まり、南部の方を見つめている。それから、淡々とともに相手に向かって、屈託なく語りかける。「それにしても、やはり余り感心できませんね。そのぎこちのない運び、振付は」さらに南部の続けている素振りについて指摘する。「それで雨乞いの踊りでもしていたのですか」

南部はほとんど気にかけている様子はない。なおも同じように全身を動かし続け、自信ありげにそれに答える。「確かに雨も降ってきたが、あなたもまたやってきたではないか、実際に。そうではないかな、まったく細工は流々、何とやら」

篠井がどこへ向かって言葉を放っているのかははっきりしない。とはいえ、一瞬、唐木の方へ視線を向け、それはまたたちまち逸らされてはいくものの、それから、まるで説明を加えるかのように——そしてまた、それは南部の考えを覆すためのものだったが——語りかける。「どうです、おわかりですか。これが実際、この人の言い分です。いつもそうなのです。自分が世界に刻印をつけたと思っています。周りのものが動いているのは自分のせいだと考えていたいのです。まったく星座占いなんかより、もっと確信を持って」

南部はいつのまにか身体の動きを止めている。それから、篠井に向かい、すでに手慣れたように、言われたことについて抗弁する。「世の中のすべてが、などと大それたことは言わない。けれど、考えて欲しい。わたしと関わってくる身近な人間と言えば、だれを措いてもまずはあなたではないか」

唐木はこれまで起こってきた変化の大もとを正すようにもして、篠井に尋ねる。

「それならまた、あなたには何か戻ってくるいわれでもあったのですか」

しかし、篠井の憤懣はいまだ治まっていない。彼女は訴える。「それならいったい、だれが見せていたというのでしょう、だれがためにしていたというのでしょう。そういう話ですよね」

南部はその言葉の矢の放たれた先が自分であることを認めるために、笑いを浮かべてみせる。

あたかもその笑いを反射させるかのようにして、篠井の顔にも笑いが浮かぶ。彼女ははっきりと言い切る。「わたしにはこの人の言いたそうなことならほとんど容易に想像することができるのです。実際、一度ならずとも似たようなことを言っているのです。だれかがわたしを壊し、そして、わたしが何かを壊す――確かにこの人はそのだれかが自分であると思い込みたいのですよ。わが身が素通りされるよりは加虐的で、おぞましいものでありたい、と。どうでしょう、そんな望みに取りつかれているのです」

南部はその場に立ち止まり、視線を篠井や、唐木の方へ定まりなく巡らしながら、すっかり自論と化した考えを説くように言葉を返す。「そうしただれかが――自分を壊しただれかが――わたしではない、と彼女は言う。けれども、わたしの後ろにいるのもまた、わたしなのですよ。そうなのです、どうせわたしなのです。世界は広いのですか。いいえ、わたししかいないのです、彼女にとっては。それをわかっていない。わたしはねえ、だから、この救われない人をどうにかして上げたい、救って上げたい」

篠井の言葉は相手の一家言にもかかわらず、平穏さを取り戻している。しかし、その底には諦めの気持ちが流れているかのようだ。「けれどもね、そんなあなたとも何かの縁か、巡り合わせで、こうして同じ地上に立っています。吐きかけた唾が届くくらいに、手を伸ばせばその首をくすぐって上げられるくらいに。これについてはどうにか思ってみるべきではないですか」

　そういった後、篠井はしばらく言葉を失ったようにぼうっとしている。それから、不意に気づいたように唐木の方へ振り向き、声をかける。

「わたしはどうして、あなたとお会いすることになったのでしょう」

「わたしはどうしてまた、あなたと会ったのか」あたかも鸚鵡返しのように言葉を繰り返し、唐木はそれを反芻してみる。

　頭のなかに蟠っていた疑いと怒りが雲のように湧き出てくるようだ。唐木は言葉を発する。「いったい、何なんだ、あなた方は。わたしに纏わりついてきて離れない。わたしにとって、あなた方は凸凹コンビ以外の何ものでもない。まるでもう、あの現実と夢の上に居座った車のドア音のようじゃないか」

　篠井は自分に向かって、ひとり笑いを発する。けれども、その声音はますます平静に、落ち着いてきている。それから、言挙げするように言う。「どうせこんなものですよ。あなた方とは相容れない。でも、さっきは通じたではないですか、少しは。嫌でも何でも、わたしたちは親しくならなくてはならない。もっとよく通じるべきです。そう感じたのですよ。そういうわけで、これを持ってきました。もういくら壊れてもいいように、いくつも買い求めてきたのです。早速、眺めてみましょうよ、試してみましょうよ」

発せられた言葉の後を追うように、その身体が動かされていく。篠井は身を屈めると、足もとに置かれたトートバッグからひと塊の包みを取り出し、そのボール紙を開くと、そこに収まっていた陶器を表に出してみせる。

「どうです、振り分けたとしたら、ひとつずつあるのです」篠井は両手に抱えたものへ目を落とし、語りかける。

そこには同じ形、同じ色、同じ柄をした三つのマグカップが乗せられている。篠井はそれらふたつのうち、ひとつずつを唐木と南部に渡していく。

南部はその何の変哲もないマグカップを両手で持ち、しげしげと眺め回している。唐木もベンチから立ち上がると、受け取った陶器の塊を改めて、手のなかで転がしてみている。

南部は俯き、カップを手にしながら、疑わしそうにつぶやく。「また、やり直そうというのかな。壊れたものがまた、魔法のように元に戻って」

「そう思いますか」篠井がそれにまた、疑いの声を上げる。

南部がつぶやく。「どうやったら、つながるのか。いや、つながったのか」

唐木が続ける。「ご免ですね。纏わりつかれるのは」

篠井が笑いを浮かべる。「通じてみましょうか」

ひたすら抑揚もなく、南部が言う。「否でも応でも、何かを立ち上げる」

厳めしい口調で、篠井が続ける。「つながらなくてはならない」

「否でも応でも、何かをでっち上げる」唐木がさらにつけ加える。


雨は勢いを加えることもなく、けれども執拗な感じで霧のように降り続けている。

風もまた勢いを増してくることはないが、気まぐれな感じでそのときどきで向きを変えて、吹いてくるかのようだ。しばらく沈黙が続いていく。

「それでは、始めましょう」やがて篠井が口を開く。

「どう始めるのです」唐木が言う。

「始めるも、始めないも、すでに道の上だ」南部が言う。

しっとりとした手触り、柔らかで、どこまでも滑らかな曲面。唐木は手のなかでマグカップをゆっくりと転がしていく。それはそのなかに飲み物が注がれていくのを待っているのか。空っぽの器。とはいえ、それはまったく空っぽでも何でもない。ひたすらにそこにあり続け、そしてまた、ひたすらに充実している。それは飲み物など必要としていないのだ。それはすでにあるがままだ。それはただそこに見えている。それは見えていなくとも構わないのだ。それはまた光など必要としていないのだ。ましてやもう見られるための目玉など。

「何なんだ、これは」唐木が声に出して、言い放つ。

南部が唐木の方を見てから、言葉を発する。「この人が言います。——何なんだ、これは」

篠井が南部の方を見てから、言う。「この人が言います。——救い出して上げます」

唐木が篠井の方を見てから、言う。「この人が言います。——震えるほど不安です、通じるべきでしょう」

三人はもはやそのもの以外に見つめるものはなくなったというかのように、それぞれ手のなかに乗せられたマグカップを見つめている。そのままの姿勢で、ほとんど身じろぎもしない。雨が相変わらず霧のように降っている。気まぐれな風が向きを変え、さ迷っているかのように吹いてくる。それから、三人はそれぞれマグカップを手にして、願いを込め、唱えるかのように言葉を発する。

唐木が唱える。「この世の沈黙のために」そう言った後、マグカップを地面に叩きつけて、割る。

篠井が唱える。「この世の建設のために」そう言った後、マグカップを地面に叩きつけて、割る。

南部が唱える。「この世の虚偽のために」そう言った後、マグカップを地面に叩きつけて、割る。

音を発し、叩きつけられたそれぞれのカップは広場のタイルの上でぱっくりと砕かれ、飛び散っている。その足もとで割れている破片を見つめていたのもしばらくで、三人はそれぞれその場で身体を動かし始めている。

いくらか低く腰を屈め、太股に力を入れ、両腕をほとんど水平の方向へ持ち上げる。彼らは同時に、緩慢に、また滑らかに身体の運動を続けていく。上げた両腕をさらに右へ、左へと回していくのだが、それぞれの動きは一致して、そろっている。さらにはまた片脚を前へ踏み出したり、また後ろへ退けたりといった素振りを続けていくが、それらの動きもまたほとんどそろって、一致している。わずかの掛け声も発することなく、口を結んだまま動作を続けていく。いったいその身体運動は能舞めいて、太極拳めいて、ヨガめいて、タコの動態めいて、蠕動運動めいて、似たような動きが繰り返されていく。

ときに一本足立ちになり、ツルのような姿勢で両腕を広げたり、下げたり、さらには上げたりといったゆっくりとした素振りが続けられていく。顔の表情はそれぞれそんな動きとは無関係に、少しも変化しない。そのあとはまた、腰を低く屈めたり、足を前後に一、二歩踏み出したり、退けたりといった素振りが続いていった。

やがて身体の動きは緩慢に、静かに終息していく。篠井は再び、その場に立ち止まった姿勢になった。次いで身を屈めると、足もとに置かれていたもうひとつの荷物、大きな紙袋のなかからそこに入っていた立方体にも近い、包装されたボール箱を取り出す。彼女はすでに同じように身体運動を止めて、その場に立ち尽くしているふたりに向かって、説明する。

「これはここへくる直前、ほら、この場からも振り返れば見えますでしょう、あの砂利道際のベンチの上にぽつんと置かれていたものなのです。そのときベンチにはだれも座っていませんでした。近くを通りかかる人はいますが、すぐに通り過ぎていきました」

南部は篠井の両手に支えられている大きなボール箱へ視線を向けて、言う。「そうだとしたら、やはりだれかが置き忘れたのかな。でも、そうとも限らない」

篠井はすでに半ば怖れるように、そそくさとそのボール箱を紙袋のなかへ戻し、さらに念を入れるかのように一歩先へ離して置き直す。「そうですよね、だれのものだったのか、だれかが置き忘れたのか。でも、そうではない場合だって考えうる」

唐木が言葉を差し挟む。「けれども、いまのボール箱にはリボンが渡してありましたよね、ピンクのものが」

篠井が改めて、言葉を添える。「どちらかと言えば、ずっしりとした手応えですね。鉄の塊というわけではないけれど」

南部が吹き出すように笑い声を立てる。「ケーキかもしれないな。でも、使い回しのボール箱に入っているとしたら、自家製のケーキだ。そして、それを人に贈ろうとした。けれども、その大事なものをどうしてか、あんなところへ忘れてしまった」

三人はその場に立ったまま、身じろぎもしないでいる。地面の上の紙袋は霧雨に包まれるようにして、ただその場に置かれ続けている。前の方を見つめ、それぞれはときどき互いに相手の方を見やる。その間も沈黙が続いていく。

「こんどは何だ」不意に、南部が言い放つ。

「救い出されるべきはこの箱の中身ではないですか」唐木が言う。

「玉ネギかもしれないな」南部が言う。

「何故、玉ネギなのです」唐木が尋ねる。

「ジャガイモでもいいが」南部が言う。

「どうして野菜ばかり出てくるのです」唐木が尋ねる。

「リボンは見せかけさ。もしかしたら、もう何かが漂い出しているのかもしれない」南部が言う。「何かの見えない化学物質が。まさに無味無臭の」南部の顔つきはいくらか改まったようになっている。

「それでも、やはり音は鳴り響くのだろうな、大々的に。まず何よりその方が景気づけになるので」唐木がさらに話を進める。

篠井は前を向いたまま、核心に近づくように、しかし、淡々と語りかける。「つまり、あんな大して人気のないところにそんなものを仕掛けるのだとしたら、むしろ空騒ぎが目的なのか。たぶん大惨事というまでには至らない。ただ人々に恐怖と、怒りを植えつけるだけで」

「それはつまり、あなた自身の不安がそう言わせている」唐木が篠井に向かって、指摘する。

「そもそもそう見せようとしただけなのかもしれない。少しも爆発するようなものではなく。偽の通報をして、何かを阻害し、どこかでじっと密かに観察していたり」南部が続ける。

三人はじっと前に置かれたものを見やる。何ものかの気配に耳を澄ますようにして。それから、その沈黙を破るようにして、唐木が篠井に声をかける。

「それより何より、あなたは拾い物の名人だ」

「拾え、そしてまた、拾え」南部がたちまち、言葉で囃す。

「それなら見渡せ、もっと見渡せ」唐木がさらに続ける。

南部は確信を持ってのように、篠井について言う。「この目を見ればいい。いろいろ拾ってきて、わたしに向かって、挑んでくる目だ」

唐木が思いついたように言う。「上を見ろ、それならまた、空を見渡せ。本当だ、だれかが笑っている」

ひとたび言葉を放った後、再び、それぞれは同じように黙り込む。前に置かれたものを改めて、じっと見つめる。静かに耳を澄ますようにして、その場を動かない。

「でも、あと十秒後か」やがて沈黙を破って、篠井が言葉を発する。

「だけど、二十分後か」唐木が続ける。

「永久にやってこないのか」南部がさらに続ける。

「そのときは一緒ですね、もろともで」篠井が言う。

「ときに何かの加減で直撃されたり、ほとんど免れたり」唐木が続ける。

再び、言葉が途切れ、三人は黙り込む。ただ耳を澄ますようにして、その場でじっと身じろぎもしない。霧雨が降り続く。

「それでは、与太話は終わったのか」不意に、南部がきっぱりと口を開く。

「始まったばかりではないですか」篠井が淡々と、まるで口ずさむようにそれに続けて、言う。


再び、それが開始されていく。腰はいくらか低く保って、太股には力を込め、両腕は真っ直ぐ伸ばしたまま水平に持ち上げる、そして脚はときに擦るように、にじるように前後に向かって、地面の上を動かしていく。霧雨に包まれたまま、三人はほぼ同時に、同じ素振りを続けていく。

そして、身体の運動が続いていく。緩慢に、滑らかに両腕が、両脚が、また胴体が動かされ、捩られ、そして巡らされていく。じっと前へ向けられた顔にはまた、無表情が仮面のように張りついているが、どこかまた滑らかな柔軟さも保っている。

ほとんど何の音も立たず、何の言葉も漏れてはこない。素振りの緩慢さとともに、その呼吸も深く、ゆっくりと長く、吐き出され、吸い込まれていくようだ。

大して違いのない、似たような動きが繰り返されていく。ひとつひとつの挙措も、顔の表情も等しく保たれ、ほとんど些細な変化も見られない。とはいえ、それは何かを絶っているようではなく、そこでは何かが生まれつつあるようにも見える。何かを作り上げるために、その素を静かにこねているところのようにも見えるし、ただひたすら持続して、その時のなかを満たしているだけのもののようにも見える。

そして、それらの素振りは続いていく、緩慢に、静かに、滑らかに。

著者紹介
由井鮎彦（ゆい・あゆひこ）
東京都生まれ。『会えなかった人』で第27回太宰治賞、第9回絲山賞を受賞。

後ろ(うし)の国(くに)のサル／隣人(りんじん)たち

著者
由井(ゆい) 鮎彦(あゆひこ)

発行日
2021年10月30日

発行　株式会社新潮社 図書編集室
発売　株式会社新潮社
〒162-8711 東京都新宿区矢来町71
電話 03-3266-7124

印刷所
錦明印刷株式会社
製本所
加藤製本株式会社

ISBN978-4-10-910204-9　C0093